여성 한시 선집

한국
고전
문학
전집

011

여성 한시 선집

강혜선 옮김

문학동네

머리말

이 책은 조선의 여성들이 남긴 한시 작품을 가려 뽑아 우리말로 옮긴 것이다.

조선시대 여성이 한시를 읊고 지었다는 데에는 특별한 의미가 있다. 사족士族 여성이든 기생이나 첩이든, 조선시대에는 여성이 시를 짓는 행위가 자연스럽고 당연한 일로 여겨지지 않았다. 공식적으로 교육에서 소외되고, 집에서는 주로 한글로 의사소통을 한 "여성이 한시를 짓는 일은 참으로 기이한 일"(심수경沈守慶의 『견한잡록遣閑雜錄』)이었다. 마땅히 주식酒食이나 논해야 할 여성이 양잠과 길쌈을 집어치우고 일삼아 시를 읊는 것은 아름다운 행실이 아니었다. 그러면서도 허난설헌許蘭雪軒이나 이옥봉李玉峯 같은 여성의 한시 작품은 감탄을 불러일으켰다. 여성과 한시의 만남은 이렇게 모순된 관계로 이루어져왔다.

나는 오랫동안 한시의 주요 향유층인 사대부 시인들의 작품을 주로 읽어왔다. 그래서 사대부 시인들의 작시(作詩) 문화, 시의 제재와 주제, 감성과 미학 등에 또한 익숙하다. 그런 나는 당연히 여성들의 한시 작품을 한 편 한 편 읽어나가면서 무슨 기준으로, 또 어떤 관점에서 가려 뽑아야 할지를 고민하였다. 처음에는 여성의 언어로 여성이라는 존재의 고유한 세계를 고스란히 드러낸 작품에 치중하였다. 남성의 한시와 구별되는 여성의 한시 세계를 찾아내 드러내고 싶었다. 하지만 여성한시를 가만히 읽고 있다가, 내가 여성의 목소리에만 귀 기울이고 있지 않다는 것을 깨달았다. 시를 읽을 때 입안에서 무언가 달싹거리고 가슴속에서 무언가 일렁일 때면 그저 우리말로 옮길 뿐이었다. 그것으로 충분하였다. 시는 시이니까.

이 책을 읽는 분들은 시인이 조용히 내뿜는 그리움과 안타까움을 느낄 수 있을 것이고, 시인이 가만히 떨어뜨리는 눈물과 시인의 한숨 소리를 들을 수 있을 것이며, 시인의 얼굴에 빙그레 퍼지는 기쁨과 즐거움을 볼 수 있을 것이다. 또 신음조차 하기 힘든 삶의 무게에 눌려 안간힘을 쓰는 시인의 속내를 엿볼 수도 있을 것이다. 그리고 마침내 이 땅에 살았던 다양한 여성들을 만날 수 있을 것이다.

한시를 우리말로 옮길 때면 늘 원시(原詩)의 섬세한 결과 풍부한 감성을 제대로 살려 전할 수 있을까 의문이 생긴다. 그래서 그 아쉬움을 한시 작품에 대한 감상으로 보충하였다.

2012년 6월
강혜선

머리말 _5

【 1부 | 그리움과 기다림의 목소리 】 _11

반달 | 그리운 꿈 | 규방의 원망 | 봄날의 원망 | 사또 남미뢰와 헤어지며 | 규방의 원망 | 규방의 원망 | 자술 | 자적 | 감사 이공을 받들어 보내며 | 강남의 노래 | 층층으로 지은 시 | 술회 | 질구

【 2부 | 아내의 마음, 어머니의 심정 】 _49

그대가 보내준 술 | 차운하다 | 서울 가는 남편에게 | 옷을 부치는 노래 | 늙은 어미의 시 | 두 아이를 보내며 | 약속을 지키지 않는 큰아들 | 중국에 사신 가는 큰아들에게 부치다 계해년 | 둘째 딸을 시집보내며 | 손녀를 애도하다 | 아이들을 곡하다 | 병아리

【 3부 | 보고 싶은 가족, 그리운 고향 】_77

대관령을 넘으며 | 보고 싶은 어머니 | 늦가을 | 막내 동생 운선에게 | 사촌 초선의 죽음을 슬퍼하며 | 아우에게 | 꿈속에 돌아가다 | 이별 뒤 종제 사웅에게 부치다 | 남쪽 고을로 가는 셋째 오라버니를 보내며 | 아우에게 | 친정에 간 꿈 | 막내 동생을 떠나보내며 | 언니를 시집보내며 | 빗속에 회포를 적다

【 4부 | 자연의 소리, 내면의 울림 】_115

취하여 읊다 | 손에 봉숭아꽃을 물들이며 | 박연폭포 | 시름 | 쓸쓸한 마음 | 경물을 대하여 | 매미 소리 | 대설에 시를 짓다 | 도연명 시에 차운하다 | 먼 숲의 가을 매미 소리 | 매미 소리를 듣다 | 삼오칠언 | 한가로이 읊다 | 섣달그믐 밤 | 겨울 밤 | 지는 꽃을 보고 읊다 | 이웃 사람에게 주다 | 천층암에 올라 | 창암정 | 저무는 봄날, 언니 구정도인에게 바치다 | 꿈에 금강산을 유람하다 | 송악에서 옛날을 그리며 | 송경 가는 길 | 밤에 앉아 | 정원의 풀을 뽑으며 | 가을 매미 소리를 들으며 | 묘향산에 들어가 | 설파의 시에 차운하다 | 마음을 풀다 | 잇달아 금원의 편지를 받아보고 | 바다를 바라보다 | 즉사 | 금릉잡시

【5부 | 책 읽는 즐거움과 시 짓는 기쁨】_183

겨울밤 책을 읽으며 ┃ 산속 집 ┃ 탄원 ┃ 운초당에서 ┃ 도운각에서 부질없이 읊다 ┃
가을 경치 ┃ 사월에 ┃ 여름날 더위를 식히며 ┃ 십일월의 밤 ┃ 늦봄 뒤뜰에 앉아서 ┃
용산 삼호정에서 ┃ 병에서 일어난 후

【6부 | 고달픈 인생살이, 안과 밖】_205

가난한 여인의 노래 ┃ 가을밤의 회포 ┃ 사신을 애도하다 ┃ 둘째 오라버니께 편지를
보내어 쌀을 꾸다 ┃ 삼산고을 원님에게 쌀을 꾸노라 ┃ 농가의 즐거움 ┃ 돈을 구하러
가는 남편에게 ┃ 농사짓는 노래 ┃ 강가의 신부를 슬퍼하는 노래 ┃ 낙동강 ┃ 시아버
님이 양자를 구하러 파주로 가시는 길에 ┃ 취향을 대신해서 그의 딸을 애도함 ┃ 옛
날을 생각하며

해설 | 여성의 삶과 한시 창작 _241
작가 소개 _259

【 일러두기 】

1. 이 책에 수록된 한시 작품은 허미자 편, 『한국여성시문전집』(국학자료원, 1987)을 원본으로 삼아 교감하였다.

2. 『한국여성시문전집』 이외에 수록된 한시 작품은 관련 연구서에 첨부된 영인본을 통해 원문을 교감하고 출전을 밝혔다.

3. 『국조시산國朝詩刪』『기아箕雅』『풍요속선風謠續選』『풍요삼선風謠三選』『대동시선大東詩選』과 같은 역대 중요 시선집에 수록된 여성 작가의 한시 작품을 우선적으로 선발하였다.

제1부 ◉

그리움과 기다림의 목소리

꿈속의 넋이 자취를 남길 수 있다면
문 앞의 돌길은 벌써 모래가 되었을 것을

반달詠半月

황진이黃眞伊

누가 곤륜산의 옥을 깎아
직녀의 빗을 만들었나?
직녀가 견우와 이별한 뒤[1]
부질없어 저 하늘에 던졌나봐!

誰斷崑山[2]玉　　裁成織女梳
牽牛離別後　　謾擲碧空虛

- 『대동시선大東詩選』

---

1) 직녀는 은하수의 서쪽에, 견우는 은하수의 동쪽에 있는 별이다.
2) 곤산(崑山)은 곤륜산(崑崙山)으로, 미옥(美玉)이 많이 나는 곳이다.

황진이는 기생 중에서도 단연코 시재詩才가 돋보인다고 일찍부터 평가되어왔으며, 특히 이 작품은 '시재가 기이하다'는 평을 받았다. 반달과 빗의 모양이 비슷한 것에 착상하여, 하늘에 떠 있는 반달을 직녀가 견우와 이별한 뒤 하늘에 던져버린 빗이라 하였다. 임과 만날 기약이 없는 여인에게 빗이란 아무런 소용도 없는 치장 도구일 뿐인 것이다.

『가림세고嘉林世稿』의 『옥봉집玉峯集』에 "누가 곤륜산의 옥을 캐어 / 반달빗을 교묘하게 만들었나? / 직녀가 견우와 이별한 뒤 / 시름에 빠져 빈 하늘에 던졌나봐!誰採崑山玉, 巧成一半梳. 自從別離後, 愁亂擲空虛"라는 이옥봉의 시가 실려 있어, 이 시의 작자가 누구인지 혼란스럽다. 그런데 일찍이 이가원李家原은, 창강滄江 김택영金澤榮이 황진이의 전傳을 지을 때 이 시를 황진이의 시라고 했으나 사실 이 시는 알려져 있지 않은 당나라 사람의 옛 시로 황진이가 즐겨 읽어 창강이 잘못 알고서 실은 것이라 한 바 있다. 『당시품휘唐詩品彙』에 "누가 곤륜산의 옥을 깎아 / 직녀의 빗을 만들었나? / 직녀가 견우와 이별한 뒤 / 시름에 빠져 빈 하늘에 던졌나봐! 誰斷崑崙玉, 裁成織女梳. 牽牛相別後, 愁亂擲空虛"라는 시가 실려 있다.[3]

---

3) 이종문, 「이옥봉의 작품으로 알려진 한시의 작자에 대한 재검토」, 『한국한문학연구』 제47집, 2011, 480쪽 참조.

그리운 꿈相思夢

황진이

그리움과 만남이 다만 꿈에 기대니
내 임 찾아갈 때 임은 날 찾아왔나봐.
바라거니, 언젠가 다른 날 밤 꿈에는
같은 때 같이 길 떠나 도중에 만나기를.

相思相見只憑夢　　儂訪歡[1]時歡訪儂
願使遙遙他夜夢　　一時同作路中逢

—『동국시화휘성東國詩話彙成』

---

1) 농(儂)은 '나', 환(歡)은 '그대', '너'를 의미한다.

이 작품은 발상이 친근하면서도 참신하다. 현실에서 만날 수 없는 그리운 임을 꿈속에서 찾아갔건만 꿈에서조차 만나지 못하고 말았다. 임을 만나지 못한 아쉬운 마음을 시인은 임 또한 나를 그리워하여 꿈길을 떠나 서로 길이 엇갈려기 때문이라 달래면서, 다음 꿈에는 같은 때 같이 길 떠나 도중에 만나기를 빌고 있다.

규방의 원망閨怨

이매창李梅窓

그리운 마음 말로는 못 하니
하룻밤 시름에 머리가 다 세었지요.
이 몸이 얼마나 그리는지 알고 싶거든
금가락지 얼마나 헐거워졌는지 보세요.

相思都在不言裡　　一夜心懷鬢半絲
欲知是妾相思苦　　須試金環減舊圍

—『매창집梅窓集』

누구를 그리워하며 쓴 시인지 분명하진 않지만, 매창이 촌은村隱 유희경劉希慶, 1545~1636을 사랑했다 하였으니 유희경을 향한 그리움의 시로 읽어도 무방하리라. 이 시는 그의 시조 "이화우梨花雨 흩날릴 제 울며 잡고 이별한 임 추풍낙엽秋風落葉에 저도 날 생각는가? 천리千里에 외로운 꿈만 오락가락하노매"와 더불어 널리 칭송되었다.

유희경은 천민 출신이었지만, 빼어난 시재와 상례喪禮에 대한 조예로 당대 사대부 문사들과 폭넓게 교유한 인물이었다. 매창이 유희경을 처음 만난 것은 유희경의 나이 47세 때쯤으로, 임진왜란이 일어나기 직전인 1591년경이라 추정된다. 당시 유희경과 백대붕白大鵬이 위항시인委巷詩人으로 유명했던 터라 처음 매창이 유희경을 만났을 때 "유희경과 백대붕 중 어느 분이십니까?"라고 물었다 한다. 유희경은 매창을 처음 만난 느낌을 이렇게 읊었다.

일찍이 들었지, 남쪽 고을 계랑의 명성
시와 노래 솜씨가 한양까지 울렸지.
오늘에야 참모습을 대하고 보니
하늘에서 내려온 선녀인 듯하네.

曾聞南國癸娘名　詩韻歌詞動洛城
今日相看眞面目　却疑神女下三淸

—「계랑에게贈癸娘」

이후 유희경과 매창은 여러 편의 시를 지어 주고받으면서 사랑을 나누었으나 그 사랑은 전쟁으로 인해 오래 지속되지 못하였다. 서로 만나지 못하는 동안 그리움의 정을 각자 시로 읊어 전하였는데, 위 작품은 그러한 시작詩作 중의 하나인 셈이다. 유희경은 매창을 향한 그리움을 여러 편의 시작으로 남겨놓았다. 그중 한 수를 들면 다음과 같다.

그대의 집은 부안에 있고
나의 집은 서울에 있어,
그리워도 서로 보지 못하니
오동나무에 비 뿌릴 젠 애가 끊기네.

娘家在浪州[1]　我家住京口
相思不相見　腸斷梧桐雨

—「계랑을 그리며懷癸娘」

한편, 오랫동안 매창과 특별한 우정을 나누었던 허균許筠은 매창이 세상을 뜨자 애도의 시를 지었다.

계랑을 애도하다哀桂娘

계생은 부안 기생인데, 시에 능하고 글도 이해하며 또 노래와 거문고도 잘했다. 그러나 천성이 고고하고 개결个潔하여 음탕한 것을 좋아하지 않았다. 나는 그 재주를 사랑하여 교분이 막역하였으며 비록 담소하고 가까이 지냈지만 난亂의 지경에는 미치지 않았기 때문에 오래가도 변하지 않았다. 지금 그 죽음을 듣고 한차례 눈물을 뿌리고서 율시 두 수를 지어 슬퍼한다.

---

1) 낭주(浪州)는 부안의 별호이다.

신묘한 글귀는 비단을 펼쳐놓은 듯

청아한 노래는 흘러가는 구름도 멈추어라.

복숭아를 딴 죄로 인간에 귀양 왔다가[2]

선약을 훔친 죄로 이승을 떠나네.[3]

부용 장막에는 등불이 어둑하고

비취색 치마에는 향내 남았구려.

내년 복사꽃 방긋방긋 피어날 제

설도의 무덤을 어느 누가 찾을는지?

妙句堪擒錦[4]　　清歌解駐雲

偸桃來下界　　竊藥去人群

燈暗芙蓉帳　　香殘翡翠裙

明年小桃發　　誰過薛濤[5]墳

처절한 반첩여의 부채라[6]

서글픈 탁문군의 거문고로세.[7]

---

2) 서왕모(西王母)가 선도(仙桃) 일곱 개를 가지고 와서 한(漢) 무제(武帝)에게 다섯 개를 주고 두 개는 자기가 먹었는데, 한 무제가 그 씨를 심으려 하자 서왕모가 "이 복숭아나무는 3천 년에 한 번 개화(開花)하고 3천 년 만에야 열매가 맺는다. 이제 이 복숭아나무가 세 번 열매를 맺었는데, 동방삭(東方朔)이 이미 세 개를 훔쳐갔다" 하였다.

3) 예(羿)가 서왕모에게서 불사약(不死藥)을 얻어다놓고 미처 먹지 못하고 집에 둔 것을 그의 처 항아(姮娥)가 훔쳐 먹고 신선이 되어 달로 달아나 월정(月精)이 되었다고 한다.

4) 이금(擒錦)은 비단을 펼친다는 뜻.

5) 설도(薛濤)는 당(唐) 중기의 명기(名妓). 음률(音律)과 시사(詩詞)에 능하여 항상 원진(元稹)·백거이(白居易)·두목(杜牧) 등과 창화(唱和)하였다. 성도(成都)의 완화계(浣花溪)에 우거(寓居)하며 스스로 짙붉은 작은 채전지(彩牋紙)를 만들어 거기에 시를 썼다. 여기서는 매창을 이에 비유한 것이다.

6) 반첩여(班婕妤)는 한(漢) 성제(成帝) 때의 궁녀. 성제의 사랑을 받았는데 조비연(趙飛燕)에게로 총애가 옮겨 가자 참소당하여 장신궁(長信宮)으로 물러나 태후(太后)를 모시게 되었다. 이때 자신의 신세를 소용없는 가을 부채(秋扇)에 비겨 읊은 「원가행怨歌行」을 지었다.

날리는 꽃은 속절없이 한을 쌓고
시든 난초 다만 마음 상할 뿐.
봉래섬에 구름은 자취가 없고
한바다에 달은 하마 잠기었네.
다른 해 봄이 와도 소소의 집에는
남은 버들이 그늘을 이루지 못하리.

凄絶班姬扇　　悲涼卓女琴

飄花空積恨　　衰蕙只傷心

蓬島雲無迹　　滄溟月已沈

他年蘇小[8]宅　　殘柳不成陰

—『성소부부고惺所覆瓿藁』

7) 탁문군(卓文君)은 한(漢)나라 촉군(蜀郡) 임공(臨邛)의 부자 탁왕손(卓王孫)의 딸이다. 과부로 있을 때 사마상여(司馬相如)의 거문고 소리에 반해서 그의 아내가 되었는데 후에 사마상여가 무릉(茂陵)의 여자를 첩으로 삼자 「백두음(白頭吟)」을 지어 자기의 신세를 슬퍼한 것을 말한다.
8) 소소(蘇小)는 남제(南齊) 때 전당(錢塘)의 명기(名妓) 이름. 전하여 기생의 범칭으로 쓰인다.

봄날의 원망春怨

이매창

대나무 뜰에 봄이 깊어 새소리 요란한데
지워진 화장에 눈물 번져 비단 창을 여네.
거문고로 상사곡을 다 타고 나니
봄바람에 꽃 떨어지고 제비 비껴 나네.

竹院春深鳥語多　　殘粧含淚捲窓紗
瑤琴彈罷相思曲　　花落東風燕子斜

—『매창집』

『대동시선』에 선발되어 있는 작품이다. 봄날의 그리움을 읊은 시로, '봄이 와도 봄이 온 것 같지 않은^{春來不似春}' 규방 여인의 신세가 아름다운 봄날의 정경과 묘한 대조를 이루며 정한을 더하고 있다. 제비 나는 뜰에 봄꽃이 지듯이 여인의 청춘도 시나브로 지고 있다.

사또 남미로와 헤어지며別主倅南眉老

복아福娥

봄바람만 공연히 불어오는데
밝은 달은 이미 황혼인 것을.
그대 오지 않을 줄 알면서도
문 닫기 아쉽기만 하네.

春風空蕩漾　　明月已黃昏
亦知君不來　　猶自惜掩門

—『이재난고頤齋亂藁』

황윤석黃胤錫의 『이재난고』에 부안의 기생 복아의 시로 소개되어 있다. 그에 의하면, 복아는 서울 사람 김우태金宇泰의 손녀인데 이운해李運海가 부안 사또가 되었을 때 가까이하며 글을 가르쳤다고 한다. 그녀의 모친이 부안 기생 매창의 후손이라는 설도 있다고 한다.[1]

이 시는 최근 새롭게 발굴된 작품이다. 제목에 보이는 사또 남미로가 누군지 알 수 없지만, 기생 복아를 아꼈던 수령임에는 틀림없다. 봄바람이 살랑이는 새벽에 임과 헤어지며 이 시를 써주었을 것이다. 3구와 4구는 임과 헤어진 뒤의 자신의 상황을 미리 그려 보인 구절로, 변하지 않을 자신의 사랑을 상대에게 은근히 전하고 있다.

1) 이종묵, 「황윤석의 문학과 『이재난고』의 문학적 가치」, 강신항 외, 『이재난고로 보는 조선 지식인의 생활사』(한국학중앙연구원, 2007) 158쪽 참조.

규방의 원망閨怨

양사기楊士奇의 첩

가을바람 쏴쏴 오동나무 가지를 흔드는데
아득한 창공에는 기러기 느릿느릿 날아가네.
비단 창가에 비스듬히 기대어 잠 못 이룰 때
눈썹 같은 초승달이 서쪽 연못에 오르네.

西風摵摵[1]動梧枝　碧落[2]冥冥雁去遲
斜倚綠窓仍不寐　一眉新月上西池[3]

—『국조시산國朝詩刪』

---

1) 척척(摵摵)은 바람이 불어 낙엽이 지는 소리를 말한다.
2) 벽락(碧落)은 본래 동쪽 하늘을 가리키는데, 하늘을 의미한다.
3) 『대동시선』에는 이 두 구절 중 '綠窓'이 '綺窓'으로, '上'이 '下'로 되어 있다.

『국조시산』에서는 이 작품의 작가를 양사기의 첩이라 하였고, 『대동시선』에서는 양사언楊士彦의 첩이라 하였다. 그런데 황윤석의 『이재난고頤齋亂藁』에서는 『가림세고』에 실린 이옥봉의 시를 『국조시산』에서 양사기 첩의 작품으로 잘못 수록하였다고 지적하였다. 그런데 현재 전하는 『옥봉집』에는 이 시가 보이지 않는다.

젊은 아낙의 원망을 제재로 한 시를 규원시閨怨詩라 한다. 이 작품은 임을 기다리는 여인의 정을 곱게 그려낸 명편이다. 가을바람에 흔들리는 오동나무 가지, 창공을 날아가는 기러기는 임을 떠나보낸 여인의 시름을 자아내는 소재들이다. 이러한 때 창가에 기대 잠 못 이루는 여인의 한을 상징하듯 눈썹 같은 초승달이 연못 저편으로 오르고 있다.

한편, 이수광의 『지봉유설芝峯類說』에서는 양사기의 첩이 시에 능하였다고 소개하면서, 양사기가 풍천부사로 안악에 가서 돌아오지 않자 다음과 같은 시를 부쳤다고 한다. 한시를 통해 남편의 바람기를 은근히 조롱하는 솜씨에서 또한 그녀의 재주를 엿볼 수 있다.

사립문도 닫지 않은 채 먼 길을 서글피 바라보니
밤은 깊어 바람결에 이슬이 비단옷을 적시네.
양산관 안에는 꽃이 수천 그루
날마다 그 꽃 보시느라 돌아오시지 않나요?

恨望長途不掩扉　　夜深風露濕羅衣
楊山館⁴⁾裡花千樹　　日日看花歸未歸⁵⁾

---

4) 양산관은 안악의 별칭.
5) 이 시 역시 『대동시선』에는 양사언의 첩이 지은 작품으로 수록되어 있다.

규방의 원망 閨怨[1]

이옥봉 李玉峯

기약하고 어찌 이리 돌아오지 않나요?
뜰에 핀 매화도 지려 하는데.
문득 들려오는 가지 위 까치 소리에
부질없이 거울 보며 눈썹 그려봅니다.

有約來何晩[2]　　庭梅欲謝時
忽聞枝上鵲　　虛畫鏡中眉

—『국조시산』

1)『옥봉집』과『대동시선』에는 제목이 ‘규정(閨情)’으로 되어 있다.
2) 이 구절이『옥봉집』에는 “有約郎何晩”으로 되어 있다.

옥봉의 시는 주로 여성적인 섬세한 필치로 정한을 읊은 것이 많다. 매화 필 때 임과 만나기로 약속했으나 매화가 지려는데도 임은 오지 않는다. 어느 날 아침 나뭇가지 위에서 까치가 울자 행여 임이 오시지나 않을까 하는 설렘에 거울 앞에서 화장을 해본다는 것이 시의 내용이다. 임과의 재회가 이루어질 수 없음을 알면서도 임을 위해 단장하는 여성의 심리가 잘 드러나 있는 이 시의 매력은 마지막 구의 '부질없이罷'에 응축되어 있다. 이 시와 유사한 정서가 나타나는 예로 다음의 시를 함께 감상할 수 있다.

버들 너머 강 언덕에 다섯 필 말이 우는데
술 깨자 근심에 취하여 누각을 내려왔지요.
붉은 봄꽃처럼 시들까봐 경대를 마주하고서
매화 핀 창가에서 반달 같은 눈썹을 그려보네.

柳外江頭五馬[3]嘶　　半醒愁醉下樓時
春紅欲瘦臨粧鏡　　試畫梅窓卻月眉

—「홍에 취해 임에게 보내다 漫興贈郎」[4]

1구와 2구에서는 버드나무 심긴 강둑길로 떠나는 임을 누대에서 물끄러미 바라보다가 근심에 취해 술을 마시고, 술이 깨면 근심을 잊으려고 다시 술을 먹다가 해가 기울어 누대에서 내려오는 장면을 그려

3) 옛 제도에 태수가 외직에 나갈 때 사마(駟馬, 하나의 수레를 끄는 네 필의 말)에 다시 말 한 마리를 더 붙여주었다. 이후 오마(五馬)는 태수의 별칭으로 쓰였다.
4) 『대동시선』에는 「운강에게 주다 贈雲江二首」 중 첫째 수로 되어 있다.

보였다. 3구와 4구에서는 낭군과 헤어진 뒤 부질없어도 화장을 새로
한다고 하여 임을 기다리는 심정을 넌지시 전하였다.

자술自述[1]

이옥봉

요사이 안부는 어떠신가요?
창가에 달빛 환할 때 제 한은 깊어만 가요.
만약 꿈속의 넋이 자취를 남길 수 있다면
문 앞의 돌길은 벌써 모래가 되었을 것을.

近來安否問如何　　月白[2]紗窓妾恨多
若使夢魂行有跡　　門前石路已[3]成沙

—『옥봉집』

1) 『대동시선』에는 「운강에게 주다」 중 둘째 수로 되어 있다.
2) '月白'이 『대동시선』에는 '月到'로 되어 있다.
3) '已'가 『대동시선』에는 '便'으로 되어 있다.

이 작품의 제목은 '몽혼夢魂'으로 널리 알려져 있다. 쉬운 어투로 편지를 쓰듯 쓴 시인데, 오랫동안 찾아오지 않는 임을 은근하게 원망하고 있다. 임을 향한 그리움의 정도를 구상화해낸 결구가 매우 돋보인다 하겠다.

옥봉은 어려서부터 길쌈, 바느질 등 집안일에는 관심이 없고 글공부와 시 짓기를 즐겼는데, 시집갈 나이가 되어서도 혼처를 쉽게 정하지 못하였다. 그러던 중 조원趙瑗. 1544~1595의 명성을 듣고 스스로 첩이 되고자 하였다 한다. 그런 옥봉이 훗날 소박을 맞았는데, 이수광의 『지봉유설』에서는 그 사연을 다음과 같이 소개하고 있다.

어느 날 평소에 옥봉을 잘 알던 이웃의 백정 아낙이 찾아와서 자기 남편이 남의 소를 잡다가 끌려갔으니, 형조에 소장을 써달라고 애걸하였다. 옥봉은 그녀를 위해 소장에 "세숫대야로 거울을 삼고, 참빗에 물을 발라 빗습니다. 첩의 몸 직녀가 아닐진대, 낭군이 어찌 견우이겠습니까?面盆爲鏡洗. 梳頭水作油. 妾身非織女. 郎豈是牽牛"라는 시구를 써주었다. 이 소장을 본 당상관들이 곧 아낙의 남편을 석방하였다. 이 사실을 안 조원은 옥봉의 재주가 지나치게 뛰어난 것을 못마땅하게 여겨 그녀를 내쳤다.

아마도 이 시는 옥봉이 남편 조원에게서 내쳐진 뒤 그가 다시 자신을 찾기를 바라며 쓴 것이 아닌가 싶다.

이 작품은 조선시대부터 널리 알려져 "꿈에 다니는 길이 자취 곧 날 양이면/임의 집 창밖이 석로石路라도 닳으련마는/꿈길이 자취 없으니 그를 슬퍼하노라"라는 시조로 탈바꿈해 불리기도 하였다. 또한 대표적인 서도소리 「수심가愁心歌」에는 "약사몽혼若使夢魂으로 행유적行有蹟이면/문전석로門前石路가 반성사半成砂로구나/생각을 하니 임의 화용花容이 그리워 어이나 할꺼나"처럼 삽입되기도 하였다.

그런데 이 작품은 윤현尹鉉. 1514~1578의 『국간집菊磵集』에 실린 「청주 사람에게 지어주다題贈淸州人」라는 시와 시상이 매우 흡사하다.

　　세상의 만남과 헤어짐은 본래 일정치 않아
　　눈물 참으며 헤어질 때 잡은 손 놓은 것이 슬프네.
　　만약 꿈속의 넋이 자취를 남길 수 있다면
　　서원성의 북쪽이 모두 길이 되었을 것을.

　　人間離合固無齊　　携忍淚當時愴解
　　若使夢魂行有跡　　西原城北摠成蹊

　이수광은 『지봉유설』에서, 윤현이 충청도 관찰사가 되었을 때 청주
에 사랑하는 사람이 있었는데 훗날 이 시를 지었다고 전하면서, "오직
결구가 좋은 듯하다"라 하였다.[4]

4) 이종문, 앞의 글, 482~483쪽 참조.

자적自適

이옥봉

처마에 낙수가 똑똑, 비는 부슬부슬
잠자리에 이는 찬 기운 새벽에 점점 더하네.
꽃 지는 뒤뜰엔 봄잠이 달콤한데
지지배배 제비 소리에 주렴을 걷으려네.

虛簷[1]殘溜雨纖纖[2]　　枕簟[3]輕寒曉漸添
花落後庭春睡美　　呢喃[4]燕子要開簾

—『옥봉집』

---

1) 허첨(虛簷)은 허첨(虛檐)이라고도 한다. 하늘을 찌르는 처마를 뜻한다.
2) 섬섬(纖纖)은 매우 작고 가는 모양을 이른다.
3) 침점(枕簟) 또는 침석(枕席)은 잠자리의 범칭이다.
4) 이남(呢喃)은 조그만 소리로 재잘거리는 모습을 이른다. 제비가 지저귀는 소리.

이 작품은 비가 내린 봄날의 정경 묘사가 돋보일 뿐 아니라, 규방을 홀로 지키는 여인의 모습과 심사가 잘 드러나 있다.

그런데 이 시가 기재企齋 신광한申光漢, 1484~1555의 작품일 수도 있다는 가능성이 제기되었다. 신광한의 「자적自適」은 다음과 같다. "처마에 낙수가 똑똑, 비는 부슬부슬/잠자리에 이는 찬 기운 새벽에 점점 더하네./꽃 지는 뒤뜰엔 봄잠이 달콤한데/지지배배 둥지의 제비는 주렴을 걷으려 하네虛簷殘滴雨纖纖, 枕簟輕寒曉覺添, 花落後庭春睡美, 呢喃巢燕要開簾." 이 시처럼 이옥봉의 작품이라 전하지만 사실이라 보기 어려운 작품들이 『가림세고』의 『옥봉집』에 다수 실려 있다. 이옥봉이 즐겨 읊었던 시가 그의 시로 오해되었거나, 이옥봉과 관계없는 시가 구비 전승되는 과정에서 그의 시로 둔갑했을 가능성이 크다. 이옥봉의 시는 그가 죽은 지 백여 년이 지난 뒤에야 비로소 『가림세고』의 부록으로 처음 묶였기 때문이다.[5]

5) 이종문, 앞의 글 참조.

감사 이공을 받들어 보내며 奉別巡相李公

계월桂月

눈물 맺힌 눈으로 눈물 맺힌 눈 바라보니
애끊는 이가 애끊는 이 마주하고 있군요.
일찍이 책 속에서나 흔히 보던 일이
오늘은 어찌하여 이 몸에 이르렀나요?

流淚眼看流淚眼　　斷腸人對斷腸人
曾從卷裏尋常見　　今日那知到妾身

—『대동시선』

계월은 『대동시선』에서는 평양 기생으로, 감사 이광덕李匡德, 1690~1748
의 애희愛姬라 하였다.

‘流淚眼’과 ‘斷腸人’을 한 구 안에 반복하여, 헤어지는 두 사람의 애
절한 모습을 소박하지만 절실하게 형상화해냈다. 이 시는 『풍요속선風謠
續選』에도 그대로 실려 있다. 한편, 계월의 ‘임을 보내며送人’라는 제목
의 시가 전하는데, 1, 2구의 시구가 거의 그대로 보인다.

대동강 가에서 사랑하는 사람을 떠나보내니
버드나무 천 가지로도 그대를 묶지 못하네.
눈물 맺힌 눈으로 눈물 맺힌 눈 바라보니
애끊는 이가 애끊는 이 마주하고 있군요.

大同江上送情人　　楊柳千絲不繫人
含淚眼看含淚眼　　斷腸人對斷腸人

강남의 노래江南曲[1]

허난설헌許蘭雪軒

남들은 강남이 즐겁다고 하지만
나는야 강남이 슬프기만 하네.
해마다 이 포구에서
애끊으며 돌아오는 배 바라보니까.

人言江南樂　　我見江南愁
年年沙浦口　　腸斷望歸舟

—『난설헌집蘭雪軒集』

---

1)『국조시산』에는 제목이 '江南樂'으로 되어 있다. 강남의 풍속 또는 여인의 연정을 그린 악부
「강남곡」은 양(梁) 무제(武帝)가 창시한 이래 역대 문인들이 애용한 주제이다.

원래 악부제樂府題인「강남곡」은 대체로 농도 짙은 상사相思의 노래로
이루어져 있다. 난설헌 역시 이러한「강남곡」의 성격을 수용하면서,
한편으로 '강남의 즐거움'과 '강남의 수심愁心'을 대비해 자신의 외로운
처지와 슬픔을 극대화하고 있다. 이 작품은 다섯 수 중 둘째 수인데,
한 수를 더 소개한다.

　　강남의 마을에서 나고 자라
　　젊어서는 이별이 없었네.
　　어찌 알리요? 나이 열다섯에
　　뱃사람에게 시집갈 줄을.

　　生長江南村　　少年無別離
　　那知年十五　　嫁與弄潮兒

층층으로 지은 시層詩

김운초金雲楚

헤어지니
그립구나.
길은 멀고
소식은 늦네.
마음은 거기에 있고
몸은 여기 머무니
비단 수건[1]에는 눈물지고
비단 부채[2]는 기약 없네.
향각에 종이 울리고
연광정에는 달이 오를 때
외로운 베개에 기대었다 화들짝 꿈 깨어
흘러가는 구름 보며 이별을 슬퍼하네.
날마다 손꼽아 좋은 기약 기다리고
새벽이면 하릴없이 턱 괴고 임의 편지 펼쳐보네.
여윈 얼굴로 거울 보며 눈물 흘리고
목멘 노랫소리로 남 앞에서 슬픔을 참네.
은장도로 여린 창자 끊는 건 어렵지 않지만
고운 신 끌고 나가 먼 데 눈길 주니 더욱 의심이 나네.
어제도 아니 오시고 오늘도 아니 오시니 그대는 어찌 그리 신의가 없나요?

아침에도 저녁에도 멀리 바라보니 이 몸만 속았군요.

대동강이 평지 되면 말 타고 채찍질해 오시려나?

뽕밭이 큰 바다 되면 배 타고 건너오시려나?

만남은 짧고 이별은 기니 세상일 헤아리기 어렵고

좋은 인연 끊기고 나쁜 인연 돌아오니 하늘의 뜻을 누가 알까?

한 조각 향기로운 구름이 서린 초대楚臺의 밤 신녀의 꿈은 누구에게 있을까?

퉁소 소리 울리는 진루秦樓의 달밤에 농옥의 정은 누구에게 속할까?

잊으려 해도 못 잊고 서글퍼 모란봉에 기대 있으니

안타깝게도 곱던 얼굴은 늙어가고

생각 말자 해도 생각나 억지로 부벽루³⁾에 오르니 검던 머리는 세어버렸네.

외로운 규방에서 내 간장 눈처럼 녹아도 삼생가약 어찌 변하며,

빈방에 홀로 자며 눈물이 비처럼 흘러도 백 년의 맹세 어찌 바뀌오?

봄꿈 깨어 죽창 열고 화류花柳 소년 맞이해도 내게는 모두 무정한 손님이요,

베개를 밀치며 비단옷 잡고 가무를 즐기는 자들은 가증스러운 아이일 뿐.

하루 세 번 문을 나서 보고 또 보건만 임은 어찌 이리 박정하신가요?

천 리 밖의 임은 기다리기 어렵고 어려우니, 슬퍼라! 외로운 첩의 심정 어이할까?

인자하신 대장부여! 강 건너자고 결심하시어

옛 얼굴 그대로 촛불 아래 웃으면서 대하게 해주세요.

연약한 아녀자가 눈물 머금고 황천 가서 슬픈

혼백으로 달 속에서 울며 만나게는 말아주세요.

---

1) 아내나 첩이 남편의 수건과 빗을 받든다.
2) 20쪽 주 6 참조.
3) 모란봉과 부벽루 모두 평양의 승경지이다.

別

思

路遠

信遲

念在彼

身有玆

紗巾有漏

紈扇無期

香閣⁴⁾鍾鳴夜

練亭⁵⁾月上時

倚孤枕驚殘夢

望歸雲恨別離

日待佳期數屈指

晨開情札空支頤

容貌憔悴開鏡淚下

歌聲嗚咽對人含悲

挈銀刀斷弱腸非難事

攝珠履⁶⁾送遠眸更多疑

昨不來今不來君何無信

朝遠望夕遠望妾獨見欺

浿江成平陸後鞭馬幾來否

桑林變大海初乘船或渡之

---

4) 향각(香閣)은 아름다운 누각을 이른다.
5) 연광정(練光亭)은 평양 대동강 가의 아름다운 정자이다.
6) 주리(珠履)는 구슬 장식이 달린 신발. 『사기史記, 춘신군열전春申君列傳』에 의하면, 춘신군의 객이 3천여 명인데, 그중 상객들은 모두 구슬 신발을 신었다.

見時少別時多世情無人可測

好緣斷惡緣回天意有誰能知

一端香雲楚臺[7]夜神女之夢在某

數聲良簫秦樓[8]月弄玉之情屬誰

欲忘難忘悲倚峰莊芇可惜紅顏老

不思自思强登浮碧樓每嘆綠鬢衰

孤處深閨腸雖消雪三生佳約寧有變

獨宿空房淚終如雨百年芳盟自不移

罷春夢開竹窓迎花柳少年總是無情客

攬香衣推玉枕送歌舞者類莫非可憎兒

三時出門望出門望甚矣君子薄情豈如是

千里待人難待人難悲哉賤妾孤懷果何其

惟願寬仁大丈夫決意渡江舊面燭下欣相對

勿使軟弱兒女子含淚歸泉哀魂月中泣相隨

—『옥판선시금보玉板宣紙錦譜』[9]

7) 초대(楚臺)는 송옥(宋玉)의 「고당부高唐賦」에 나오는, 초왕(楚王)이 무산(巫山)의 신녀(神女)
와 비밀스레 하룻밤을 즐겼다는 누대, 곧 양대(陽臺)를 이른다.
8) 진루(秦樓)는 춘추시대 진(秦)나라의 봉대(鳳臺)를 이른다. 진 목공(穆公)의 딸 농옥(弄玉)이
피리의 명인 소사(蕭史)에게 시집가서 열심히 배워 「봉명곡鳳鳴曲」을 지어 부르게 되자, 목공이
그들을 위해 봉대를 지어주고 살게 하였는데, 뒤에 부부가 신선이 되어 하늘로 올라갔다는 고사
가 전해온다.
9) 「층시」로 널리 알려진 이 시의 원문을 허미자 편, 『한국여성시문전집』, 국학자료원, 1987에 수
록되어 있는 『옥판선지금보』에서 확인하였다. 『옥판선지금보』에는 제목이 '以箕葉贈別詩'로 되어
있다. 그런데 이 시의 마지막 6행은 빠져 있어 원문을 확인할 수 없었다.

운초의 시 중 가장 명성을 누린 작품이다. 한 글자로 시작하여 두 구마다 한 자씩 늘려나갔는데 그 모습이 층계처럼 보여 층시라 부른다. 이 시는 아마도 운초가 기녀 시절 사랑했다가 이별한 임에 대한 그리움을 토로한 것으로 보인다. 작품의 구조는 임과의 이별, 시간의 경과에 따른 외로움의 심화, 부질없는 기다림, 사랑에 대한 의문, 임에 대한 사랑의 다짐, 간절한 재회의 소망 표출로 되어 있다. 기녀이기에 사랑하는 임과 헤어질 수밖에 없었지만, 사랑하는 마음만은 끝까지 포기하지 않았던 운초의 마음이 잘 드러나 있다.

술회 述懷

박죽서 朴竹西

임 생각 말려 해도 절로 임 생각나
그대에게 묻노니, 무슨 일로 매번 헤어지나요?
까치가 기쁜 소식 전한다 말하지 마오
몇 번이나 헛되이 놀라 저녁까지 기다렸던가?

不欲憶君自憶君　　問君何事每相分
莫言靈鵲能傳喜　　幾度虛驚到夕曛

—『죽서집竹西集』

절구絶句

박죽서

우수수 잎 지니 가을은 이미 깊어
홀로 사립문 닫으니 밤이 깊었네.
만약 그리움 달랠 약이 있다면
정녕 천금이라도 아낄 이 없으리.

蕭蕭落木已秋深　　獨掩柴扉夜色沈
若使相思能有藥　　定無人更惜千金

—『죽서집』

죽서는 임을 기다리고 그리워하는 시편을 많이 남겼는데, 그 가운데 두 편을 골라보았다. 소박한 표현 속에 임을 그리는 여인의 심정이 간절하게 드러나 있다. 이 외에도 죽서는, "다음 생에서 임이 내가 된다면, 그리워하는 이 밤의 심정을 알리라他生若使君爲我, 應識相思此夜情", "그리움에 더욱 마음이 돌처럼 굳어져, 꿈 깨어도 어렴풋이 아직 임을 대하고 있는 듯相思一段心如石, 夢醒依俙尙對君"과 같은 시구를 남겼다.

제2부 ◉

아내의 마음, 어머니의 심정

이제는 너희를 보내야 할 때
먼 길은 예나 이제나 가로놓여 있지

그대가 보내준 술

송덕봉宋德峯

국화 꽃잎에 비록 눈발이 날리지만
그곳 은대에는 따뜻한 방 있겠지요.
찬 방에서 따뜻한 술을 받으니
속을 채울 수 있어 매우 고맙군요.

菊葉雖飛雪　　銀臺[1)]有煖房
寒堂溫酒受　　多謝感充腸

—『미암일기眉巖日記』

---

1) 은대(銀臺)는 승문원(承文院)을 이른다.

이 시는 1569년 9월 2일 송덕봉이 남편 유희춘柳希春에게 보낸 것이다. 승지로 승문원에서 입직한 지 엿새째, 미안한 마음에 유희춘은 전날 다음의 시와 함께 모주母酒 한 동이를 아내에게 보냈다.

눈 내리고 바람 더욱 차가우니
찬 방에 앉아 있을 그대가 생각나오.
이 술이 비록 하품下品이지만
그대 차가운 속을 데워줄 수 있을 것이오.

雪下風增冷　　思君坐冷房
此醪唯品下　　亦足煖寒腸

이 시기 송덕봉은 남편을 따라 객지인 한양에 올라와 그를 뒷바라지하고 있었다. 남편 없이 쓸쓸히 빈방을 지키고 있을 아내를 위로하는 남편의 사랑과, 또 그 사랑에 고마워하며 시를 써 보내는 아내의 사랑이 잘 드러나 있다.

차운하다 次韻

송덕봉

봄바람 아름다운 경치는 예부터 보던 것이요
달 아래 거문고 타는 것도 한 가지 한가로움이지요.
술 또한 근심을 잊게 하여 마음을 호탕하게 하는데
그대는 어찌하여 유독 책에만 빠져 있나요?

春風佳景古來觀　　月下彈琴亦一閑
酒又忘憂情浩浩　　君何偏癖簡編¹⁾間

—『미암일기』

---

1) 간편(簡編)은 서적을 말한다.

송덕봉의 남편 유희춘은 평생 독서와 저술에 몰두했던 유학자로 유명하다. 유희춘이 얼마나 책을 좋아했으며 또 얼마나 책에 빠져 있었는지 짐작게 하는 시이다. 이 시는, 인생의 즐거움을 책에서 찾는다는 남편의 자랑이 담긴 시편을 받아 읽고서 그에 대한 답으로 쓴 셈인데, 송덕봉은 어찌하여 책에만 빠져 있느냐고 도리어 핀잔을 주고 있다. 책 읽는 즐거움이야 물론 크겠지만, 아름다운 봄 경치에는 달빛 아래 거문고를 타거나 근심을 잊고 호탕하게 술을 마시는 게 더 어울리는 법이다. 이렇게 보면, 인생의 진정한 즐거움을 논하는 데에는 아내 덕봉이 남편 미암보다 한 수 위가 아니었나 싶다. 유희춘이 송덕봉에게 보낸 시는 다음과 같다.

뜰의 꽃 흐드러져도 보고 싶지 않고
음악 소리 쟁쟁 울려도 아무 관심 없네.
좋은 술과 예쁜 자태에도 흥미 없으니
참으로 맛있는 것은 책 속에 있다네.

園花爛熳不須觀　　絲竹鏗鏘也等閑
好酒姸姿無興味　　眞腴惟在簡編間

—「지극한 즐거움을 읊어 성중에게 보이다 至樂吟示成仲」

서울 가는 남편에게贈上京夫子

김삼의당金三宜堂

스물일곱 동갑내기 아내와 낭군이
몇 해나 긴 이별 하였던가요?
올봄에 또 서울로 떠나시니
귀밑머리엔 여전히 흐르는 두 줄기 눈물.

廿七佳人廿七郎   幾年長事別離場
今春又向長安去   雙鬂猶添淚兩行

늙은 말은 밤새도록 콩깍지를 씹어대고
길 떠날 사람은 가려다가도 짐짓 멈칫멈칫.
치마 걷어붙인 계집종이 부엌에서 나와
새벽같이 기장밥이 다 되었다 알리네요.

老馬終宵齕豆萁   行人將發故遲遲
褰裳小婢來廚下   爲報黃粱已曉炊

원앙 이부자리 곁으로 새벽닭이 우니
천 리 먼 길 가시는 임은 행장을 꾸리시네.
늙은 종이 문을 열고 말을 걸리며

부싯돌로 담뱃불을 붙여주네요.

鴛鴦枕畔鷄聲早　　遠客行裝千里道
老僕開門步征馬　　石鐺獻火燃南草

—『삼의당고三宜堂稿』

이 시는 모두 아홉 수로 되어 있는데, 그중 세 수이다. 과거를 보러 먼 길을 떠나는 남편과 그를 떠나보내는 아내의 정경이 소박한 표현 속에 그림처럼 드러나 있다. 또 다른 곳에도 과거 보러 가는 남편을 전송하며 쓴 삼의당의 시가 있는데(제목은 '경오년[1810] 9월 남편이 지방의 과거에 합격하여 서울의 과거를 보러 가게 되었다. 내가 시를 지어 전송하였다庚午九月, 夫子擧於鄕, 將赴會試, 余送之以詩'이다), 여기서는 노골적으로 "형설지공의 뜻 이루기 어찌 그리 더딘가요? 40년 세월에 귀밑머리 세어가는데. 또 웃으면서 서울로 가시니, 올 적에는 실망할 일 부디 마시오螢窓立志此何遲, 四十光陰撫鬢絲. 又向長安先笑去, 旅床莫作後晩歸"라고 당부하고 있다. 평생 과거를 준비하는 남편을 뒷바라지해야 했던 아내의 마음이 무척 솔직해서, 읽는 이의 마음을 흔든다.

옷을 부치는 노래 寄衣曲

김삼의당

한 색에 또 한 색을 더하니
푸른 비단 쪽빛보다 더 푸르네.
한 폭에 또 한 폭을 더하여
바지를 짓고 또 적삼까지 지었네.
이 옷을 어디에 부쳐야 하나?
낭군은 저 멀리 서울에 계시네.

色色復色色　　綠綺綠於藍
一幅復一幅　　製裳又製衫
何處遙相寄　　君子在終南[1]

—『삼의당고』

---

1) 종남(終南)은 서울의 남산을 이른다.

아내 삼의당은 손수 옷감에 색을 들이고 마름질을 해서 바지와 적삼을 만들었다. 바로, 과거를 보기 위해 멀리 서울에 가 있는 남편에게 부칠 옷이다. 말로 다 옮길 수 없는 아내의 오랜 염원이 색색이 스며들고, 한 땀 한 땀 여미어진 셈이다.

삼의당의 이 시는 「다듬이질 노래搗衣詞」「옷을 마름질하는 노래裁衣詞」와 함께 일련의 연작을 이룬다.

얇디얇은 적삼은 추위를 이기지 못하는데
일 년 중 오늘 밤은 달이 더욱 둥글구나.
낭군께서 옷 부쳐오길 응당 기다리실 터라
이 밤이 새도록 다듬잇돌 대하고 있지.

薄薄輕衫不勝寒　　一年今夜月團團
阿郞應待寄衣到　　强對淸砧坐夜闌

—「다듬이질 노래」

가위를 들고 낭군의 옷을 자르려는데
병풍 사이로 꺼져가는 촛불 심지를 자주 돋우네.
동창이 낮같이 밝아 촛불 꽃이 그림자를 일렁이더니
어느새 담장 위로 달이 높이 떠오르네.

欲剪郞衣把剪刀　　屛間殘燭手頻挑
東窓如晝花生影　　忽覺墻頭月上高

—「옷을 마름질하는 노래」

늙은 어미의 시鶴髮詩

안동 장씨

늙은 어미 병으로 누웠는데
아들은 만 리 길 떠나 있네.
만 리 길 떠나 있는 아들은
어느 때나 돌아오려나?

鶴髮[1]臥病　　行子萬里
行子萬里　　曷月歸矣

늙은 어미 병을 안고 있어
서산의 해처럼 급히 기울어가네.
두 손 모아 하늘에 빌지만
하늘은 어찌하여 대답이 없는가?

鶴髮抱病　　西山日迫
祝手于天　　天何漠漠

늙은 어미 병든 몸을 일으켜서

---

1) 학발(鶴髮)은 곧 백발을 말한다.

일어났다가 또 쓰러지네.
지금도 오히려 이러한데
헤어지던 날은 어떠했으랴?

鶴髮扶病 　　或起或踣
今尙如斯 　　絶裾[2]何若

—『정부인안동장씨실기貞夫人安東張氏實記』

---

2) 절거(絶裾)는 옷자락을 끊고 떠난다는 뜻.『진서晉書, 온교전溫嶠傳』에 온교가 어머니의 만류
에도 불구하고 옷자락을 끊고 떠난 고사가 보인다. 후에 절거는 '떠날 뜻이 굳다'의 의미로 쓰이
게 되었다.

안동 장씨는 이 시 뒤에 이렇게 썼다. "학발鶴髮吟 세 수는 이웃 여인의 남편이 군역軍役을 나가자 그의 팔순 노모가 혼절하였다가 다시 깨어나기는 했으나 사경을 헤맨다는 소식을 듣고 내가 시로 지었다." 이러한 사연 그대로, 이 시는 자식 걱정에 몸져누워 사경을 헤매는 노모의 모습과 심정을 인상적으로 읊고 있다.

두 아이를 보내며 送別兩兒

서영수합 徐令壽閤

아침 해 높은 다락 위로 떠올라
내 집 앞 수풀을 비추네.
멀리서 온 나그네 근심 어린 잠에서 깨고
높은 나무는 짙은 그늘을 드리우네.
숲 속 새들이 서로 화답하며 지저귀니
썩짹 흰데 어울려 아름다운 소리 이루네.
이제는 너희를 보내야 할 때
먼 길은 예나 이제니 가로놓여 있지.
헤어지는 심정이야 나도 얕지 않지만
떠나는 마음 너희가 더욱 깊겠지.
맑은 가을 다시 만날 터
어찌 다시 마음 상할 필요 있으랴?

朝日上高樓　　照我堂前林
遠客罷愁眠　　喬木垂濃陰
幽禽相和鳴　　關關[1]共好音
此時將送人　　長塗橫古今

---

1) 관관(關關)은 새 우는 소리를 나타내는 말이다.

離情我不淺　　別懷爾更深
會面²⁾在淸秋　何必復傷心

—『영수합고令壽閤稿』

2) 회면(會面)은 만나본다는 뜻이다.

약속을 지키지 않는 큰아들長兒失期不來[1]

서영수합

어찌 이리 늦도록 돌아오지 않느냐?
국화 필 때 만나자던 약속 부질없이 어기는구나.
늙은 어미 성긴 머리로 마을 어귀에 기대어 있는데
네가 오는 길에는 나뭇잎이 떨어지겠지.
어미 새는 새끼 부르느라 급하지만
새끼 새는 둥지로 느릿느릿 돌아오는 법.
멀리 성 위로 해질녘 구름을 바라보며
어찌하여 오랫동안 이곳에 있는지?

歸來何太晚　　空負菊花期
短髮依閭處　　旅天落木時
慈鳥喚雛急　　乳鳥返巢遲
遙望城雲暮　　何爲久在玆

—『영수합고』

---

1) 원제목은 '맏아들이 날짜를 어기고 오지 않아 두보의 시를 차운하여 서글피 기다리는 마음을 붙여 보이다長兒失期不來, 次杜韻, 寄示悵望之意'이다.

서영수합은 세 아들 홍석주洪奭周, 홍길주洪吉周, 홍현주洪顯周와 두 딸을 두었다. 장남 홍석주는 1795년(정조 19) 문과에 급제하여 좌의정까지 올랐다. 그는 당대에 주자학과 문장으로 명성을 얻었다. 차남 홍길주는 20세 이전에 이미 경전에 정통하였으나 과거에 뜻이 없어 평생 과장科場에 나가지 않았으며, 말년에 지방관으로 가는 곳마다 선정善政을 베풀었다. 홍현주는 숙선옹주淑善翁主를 맞아 영명위永明尉에 봉해졌다. 두 딸 중 유한당幽閑堂 홍원주洪原周 역시 뛰어난 시인이었다.

「두 아이를 보내며」는 아들들을 떠나보내는 어머니의 심정을, 「약속을 지키지 않는 큰아들」은 아들을 기다리는 어머니의 심정을 읊은 것이다. 앞의 시에서는 다시 만날 것이니 무어 그리 상심할 것이 있겠냐며 담담하게 아들들을 위로하던 어머니였다. 그러나 약속한 날이 되어도 오지 않는 아들을 기다리는 어머니의 심정은 담담할 수가 없다. 성긴 머리로 마을 어귀에서 해가 지도록 서성대며 기다리는 늙은 어미의 심정도 모른 채, 자식은 오지 않는다. "어미 새는 새끼 부르느라 급하지만/새끼 새는 둥지로 느릿느릿 돌아오는 법", 그것이 바로 어머니의 자리인 것이다.

중국에 사신 가는 큰아들에게 부치다 계해년(1803)
寄長兒赴燕行中癸亥

서영수합

손 붙들고 차마 헤어지지 못하니
아득한 마음은 끝이 없구나.
머리 들어 먼짓길 바라보니
쓸쓸히 가을바람만 이는구나.

握手不忍別　　悠悠意不窮
擧頭望行塵　　蕭蕭起秋風

차가운 겨울바람 벌써 닥쳤는데
길 떠나는 너 옷은 춥지 않으려나?
이런 생각 하느라 마음 졸이니
자주자주 잘 있다는 소식 전하렴.

凉風忽已至　　游子衣無寒
念此勞我懷　　種種報平安

—『영수합고』

이 시는 큰아들 홍석주가 30세 되던 해 서장관書狀官이 되어 중국 연경燕京으로 갈 때 배웅하며 쓴 시이다. 총 다섯 수 가운데 두 수이다. 막중한 임무를 맡아 먼 사행길을 떠나는 아들의 안부를 염려하는 어머니의 심정이 잘 나타나 있다. 어머니 영수합의 시에 대한 답장으로, 아들석주 역시 중국에서 여러 편의 시를 지어 어머니에게 부쳤다. 그중 한수를 보면 다음과 같다.

몸에는 어머님 손수 지으신 두둑한 갖옷을 입었으니
새벽에 바람 불고 눈 내려도 추위를 모르겠습니다.
북녘으로 가는 농서 땅 삼백 리 길
어찌하면 날마다 평안하다 안부 아뢸 수 있을까요?

身上重裘手中　　曉來風雪不知寒
北去隴西三百　　那能日日報平安

　　—「삼가 어머니의 시에 차운하여 부치다敬次慈親寄示韻」중에서

둘째 딸을 시집보내며 嫁二女

김삼의당

딸아이 시집가던 날은
복사꽃이 피기도 전.
마부가 새 가마 메고 올 때
눈발이 나풀나풀 날렸지.
계집종은 앞길을 인도하고
막내는 울면서 작별했지.
문가에서 건넨 한마디 말
"며느리 노릇 아내 노릇 부디 잘하렴."

之子于歸日　　未及桃夭節[1]
僕夫駕新轎　　飄飄飛雨雪
侍婢行前導　　季妹泣相別
臨門贈一語　　宜家又宜室[2]

—『삼의당고』

1) 이 구절은 『시경詩經, 국풍國風, 주남周南』 「도요桃夭」의 "여리고 예쁜 복숭아나무, 그 꽃 곱고
도 고와라. 이 아가씨 시집가면, 그 집안 화순케 하리라(桃之夭夭, 灼灼其華. 之子于歸, 宜其室
家)"에 그 용례가 보인다.
2) 이 구절 역시 위 「도요」의 구절에 용례가 보인다.

손녀를 애도하다 悼孫女

남씨 南氏

여덟 살에 일곱 해를 앓았으니
돌아가 누운 것이 너는 편안하겠구나.
가엾어라! 흰 눈 내리는 오늘 밤
어미 떠나고도 추운 줄 모르리.

八年七歲病　　歸臥爾應安
只憐今夜雪　　離母不知寒

—『대동시선』

『대동시선』에 남씨는 남취명南就明, 1661~1741[1]의 딸이요, 이필운李必運의 처라 하였다.

죽은 손녀를 애도한 시이다. 임천상任天常은 『시필試筆』에서 "시는 정에서 나오고, 정은 시에서 생겨난다. 경과 함께 이르러 글자마다 눈물을 흘릴 만하다. 참으로 죽음을 애도하는 시의 가작이라 하겠다. 그러나 평일에 비록 친척조차도 부인이 시에 능한 줄을 알지 못하였으니, 또한 규방에 모범이 될 만하다"[2] 하였다.

---

1) 남취명은 본관이 의령(宜寧), 자는 계량(季良)이다. 호는 약파(藥坡). 예조참판, 승지 등을 역임하였으며, 소론의 중심 인물로 노론 축출에 일익을 담당하였다. 영조가 즉위하면서 한때 관직을 삭탈당하고 문외출송(門外黜送)되었으나 다시 서용되어 경기도 관찰사, 병조참판을 지냈다.
2) 정민, 『한시미학산책』, 휴머니스트, 2010, 199쪽에서 재인용.

아이들을 곡하다哭子

허난설헌

지난해에는 사랑하는 딸을 잃고
올해는 사랑하는 아들을 잃었네.
슬프고 슬픈 광릉 땅
무덤 한 쌍이 마주 보며 솟았네.
쏴쏴 바람은 백양나무[1])에 불고
도깨비불은 무덤에서 반짝인다.
지전을 살라 너희 혼을 부르고
술을 따라 너희 무덤에 붓는다.
나는 아네, 너희 형제의 혼이
밤마다 서로 만나 놀고 있을 줄.
배 속에 아이가 있다만
어찌 자라기를 바라랴?
부질없이 슬픈 노래 부르며
피눈물 흘리며 소리 죽여 운다.

去年喪愛女　　今年喪愛子
哀哀廣陵土　　雙墳相對起

---

1) 예부터 무덤가에 백양나무를 심었다.

蕭蕭白楊風　　鬼火明松楸[2]

紙錢招汝魄　　玄酒[3]尊汝丘

應知兄弟魂　　夜夜相追遊

縱有腹中孩　　安可冀長成

浪吟黃臺詞[4]　　血泣悲吞聲

—『난설헌집』

2) 송추(松楸)는 소나무와 가래나무로, 묘지에 많이 심는다. 그래서 송추는 무덤을 이른다.
3) 현주(玄酒)는 고대에 술이 없을 때 제사에 술 대신 쓰던 맑은 물이었다. 여기서는 제주(祭酒)
를 이른다.
4) 당의 무후(武后)가 황자(皇子)를 모두 죽이므로 당시에 이것을 풍자한 「황대사黃臺辭」라는 노
래가 있었다. "황대(黃臺)에 참외가 있는데 한 개 따고 두 개 따고 마지막에는 넝쿨만 안고 돌아
가리라." 이것이 그 내용이다. 이 시에서는 자식을 먼저 보낸 슬픔을 이른 것이다.

병아리鷄兒

남정일헌南貞一軒

둥근 알을 날개로 덮고서
그대로 스무 날이 지나도록
암탉이 부지런히 어미 노릇 하니
껍데기가 깨지면서 병아리가 나왔네.
벌레 구해 새끼를 먹이고
까치를 피하라 조심 시키네.
닭을 보고 나는 배운 게 있으니
양자를 키우는 수고 마다 않으리.

翼覆團團卵　　自然廿日踰
雌慈勤作母　　甲坼乃生雛
哺子求虫蟻　　警兒避鵲烏
觀鷄吾有得　　負贏[1]不辭劬

—『정일헌시집貞一軒詩集』

병아리와 아이, 암탉과 어미의 유사성을 들어 모성을 노래하였다. 정일헌은 일찍이 20세에 남편을 잃고 슬하에 자식이 없어 양자를 들여 길렀다. 그녀는 「아들을 바라는 노래望子曲」에서 "인생에 후사가 끊김은 가장 슬픈 일, 밝고 밝은 천리 어찌 이런 일 있을까?人生絶嗣最爲悲, 天理昭昭豈有斯"라 하였고, 또 「복숭아 오얏꽃 노래桃李曲」에서는, "남의 아들 데려다 내 아들 삼았으니, 오래오래 지나면 낳은 아들 되리라取他人子爲吾子, 久久當如己所生"라 하였다. 이처럼 정일헌은 양자를 들여 후사를 잇고 양육에 정성을 쏟았으니, 그것이 또 그녀의 인생이었다.

---

1) 명령(螟蛉)은 뽕나무벌레인데, 과라(蜾蠃)라고 하는 나나니벌이 이 벌레를 물어다 그 몸에 알을 낳으면 나나니벌의 알들이 명령을 숙주로 삼아 성충(成蟲)이 된다. 그러나 옛날 사람들은 이것을 모르고 나나니벌이 명령을 업어다 오랫동안 정성을 들여 기르면 뽕나무벌레가 나나니벌이 된다고 생각하였다. 이를 양자를 데려다 키우는 것에 비유하였다. 『시경詩經, 소아小雅, 소완小宛』에 "명령의 새끼를 과라가 업어 간다. 네 자식을 잘 가르쳐 너를 닮게 하라(螟蛉有子, 蜾蠃負之. 敎誨爾子, 式穀似之)" 하였다.

제3부 ●

보고 싶은 가족, 그리운 고향

내 눈길은 농서 땅 구름 가에 머물러
꿈결에 어머니 곁으로 돌아왔네

대관령을 넘으며踰大關嶺望親庭

신사임당申師任堂

늙으신 어머니 고향에 두고
이 몸 홀로 서울로 가네.
머리 돌려 북평 마을 한번 바라보니
흰 구름 떠가는 아래 저문 산만 푸르네.

慈親鶴髮在臨瀛[1]　　身向長安獨去情
回首北坪[2]時日望　　白雲飛下暮山靑

—『대동시선』

율곡栗谷 이이李珥가 남긴 신사임당의 행장에는 신사임당이 이 시를 짓게 된 정황이 다음과 같이 자세히 기록되어 있다.

후에 자당께서 강릉으로 부모님을 뵈러 가셨는데, 돌아오실 때 어머니와 울며 헤어지고, 행렬이 대관령 중턱에 이르자 북평을 바라보며 어머니를 그리는 생각을 이기지 못하여 오랫동안 가마를 멈추고 쓸쓸히 눈물을 흘리시며 시를 지으셨다.

사임당은 19세에 결혼하여 21세까지 친정에 머물렀고, 그후로는 주로 시댁을 따라 살면서 이따금 친정의 어머니 곁에 머물렀다. 그러다가 38세 때 본격적으로 시댁의 살림을 주관하기 위해 아주 서울로 가게 되었다. 이 시는 바로 그때 사임당이 친정을 떠나 시댁으로 가던 중 대관령을 넘으면서 지은 것이다.

보고 싶은 어머니 思親

신사임당

천 리 길 고향은 첩첩 산 너머라

가고픈 마음에 밤마다 꿈속에 찾아가네.

한송정 가에는 하늘과 물속에 달이 걸려 있고

경포대 앞에는 한 줄기 바람 불어오네.

갈매기는 모래톱에 모였다 흩어졌다

고깃배들은 파도 위로 왔다 갔다.

언제나 강릉 길을 나시 밟고 가

색동옷 입고 어머니 곁에서 바느질할까?

千里家山萬疊峰　　歸心長在夢魂間[1]

寒松亭畔雙輪月　　鏡浦臺前一陣風

沙上白鷗恒聚散　　波頭漁艇每西東

何時重踏臨瀛路　　綵舞斑衣膝下縫

—『대동시선』

---

1) '間'은 '中'의 잘못으로 보인다.

이 시에는 평생 어머니를 그리워하며 살았던 사임당의 마음이 사무치게 넘쳐난다. 어머니를 향한 그리움은 '천 리'나 '만첩봉萬疊峰'과 같은 물리적 장애로 인해 더욱 부각되고, 한송정, 경포대와 같은 고향의 경치 속에서 더욱 구체화된다. 옛날 초나라의 노래자老萊子가 연로한 어머니를 기쁘게 해드리기 위해 칠십이 넘어서도 색동저고리를 입고 그 앞에서 노래하고 춤추면서 재롱을 부렸다는 고사가 있다. 마지막 구는 이 고사를 살짝 변용해, 어머니 곁에서 색동옷 입고 바느질을 하고 싶다는 것으로 맺었는데, 사임당이 어린 시절 어머니와 다정하게 앉아 바느질하는 장면을 자연스럽게 연상시킨다.

한편, 낙구落句로 전해지는 "밤마다 달님께 비는 마음, 생전에 한 번 더 뵙고자夜夜祈向月, 願得見生前"라는 시구 또한 사임당이 평소 친정의 어머니를 얼마나 그리워하였는지 잘 보여준다.

늦가을 秋後

설죽 雪竹

늦가을이라 강마을 맑은 누대에는
찬 물결 소리 쓸쓸히 문을 스치며 들리네.
이 밤 무던히도 부모님 그리워 눈물 흘리니
귀향의 꿈조차 꿔지지 않아 달만 성에 오르네.

秋後江村水欖淸　　寒潮寂寞過門聲
今宵無限思親淚　　歸夢難成月上城

—『백운자시고 白雲子詩稿』

막내 동생 운선에게 寄季弟雲仙

설죽

몇 해나 떠돌며 얼마나 눈물 흘렸던가?
고향에는 늙으신 부모님 계시는데.
한 밤내 서리 바람에 기러기 떼 놀라더니
하늘가에 울음 그치고 대오가 흐트러졌네.

幾年流落幾沾裳　　鶴髮雙親在故鄕
一夜風霜驚雁陳　　天涯聲斷不成行

—『백운자시고』

두 시 모두 타향을 떠돌며 고향의 부모님을 그리워하는 마음을 읊은 것으로, 늙으신 부모님을 향한 눈물이 눈에 선한 작품이다. 여종으로 태어난 설죽은 석전石田 성로成輅. 1550~1616[1]의 비첩婢妾이었다. 설죽은 여러 시편에서 성로를 향한 마음을 노래하였다. 성로가 봉화 유곡의 청정암에 당도하여 유흥을 즐기려 할 때 좌객들이 설죽으로 하여금 석전의 생전 만시輓詩를 짓게 하였는데, 그녀가 즉석에서 다음의 만시를 지어 석전을 비롯한 좌객들의 눈시울을 적셨다. 이 일로 설죽의 시명이 세상에 알려지게 되었으며, 그 인연으로 설죽은 석전의 비첩이 되었다.[2]

적막한 서호에는 초당 문 닫혔고
주인 잃은 봄 누각에는 벽도향만 날리네.
푸른 산 어디에 호걸의 뼈를 묻었나?
오직 강물만 말없이 흘러가네.

寂寞西湖鎖草堂　　春臺無主碧桃香
青山何處埋豪骨　　唯有江流不語長[3]

---

1) 성로는 정철(鄭澈)의 문인으로 시에 능하였다. 그는 스승 정철이 유배를 가고 동학 권필(權韠)이 죽자 세상을 비관하다 술과 시로 여생을 마쳤다.
2) 이러한 일화는 임방(任埅)의 『수촌만록水村謾錄』에 전한다.
3) 『백운자시고』에 '哭挽成進士石田'이라는 제목으로 실려 있다.

사촌 초선의 죽음을 슬퍼하며 輓從弟楚仙

설죽

부평초 같은 신세, 쑥대 같은 자취
몇 년이나 너와 동고동락했던가?
어느 산 어느 곳에 무덤을 만들려나?
젖먹이와 양친의 통곡 소리 끝이 없네.

身似浮萍迹似蓬　　幾年甘苦與君同
何山何處爲松土　　乳子雙親哭未窮

—『백운자시고』

아우에게寄舍弟司諫子峻[1]

광산 김씨

내 중풍이 들어
손발을 움직일 수 없다네.
낮에는 억지로 앉아 있지만
밤이면 통증이 몹시 심하네.
원기가 날마다 시들어가니
죽을 날이 멀지 않았나보다.
실오라기 같은 목숨 다하기 전에
오지 사복司僕 동생을 만나고 싶구나.
사복 동생이 오랫동안 오지 않아
병든 심정 부질없이 답답하구나.
수염을 태운 이는 누구인가?
천 년 전에 이적李勣이 있었지.[2]

我得痛風疾　　手麻不能屈
晝雖勉强坐　　夜則疼痛極

1) 자준(子峻)은 계엄(溪嚴) 김령(金坽)의 자이다. 사간(司諫)은 사간원의 종3품 벼슬이다.
2) 당나라의 이적(李勣)이 누이의 약을 직접 달이다 수염을 태웠다는 고사로, 형제간의 우애를
의미한다.

元氣日日鎖　死亡知無日

一縷命未盡　唯願見司僕[3]

司僕久不來　病懷徒鬱鬱

焚鬚是何人　千載有李勣

—『국창집菊窓集』[4]

---

3) 사복(司僕)은 왕의 가마를 보관하며 말을 먹이던 일을 맡아보던 관청이다.
4) 이원걸 역, 『안동 여인, 한시를 짓다』(파미르, 2006)에 첨부된 영인본을 대상으로 시의 원문을 교감하였다.

이 작품은 광산 김씨가 동생 계암 김령을 간절히 기다리며 그에게 부친 시이다. 시의 내용은 매우 직설적이어서, 중풍마저 들어 수족이 편치 않은 늙은 누이가 죽기 전에 동생을 한번 만나고 싶다는 소원을 그대로 담아 전하고 있다.

부친은 설월당雪月堂 김부륜金富倫, 1531~1598으로, 이황李滉의 문하에서 수학했다. 남편은 유성룡柳成龍의 생질이자 문인인 이찬李燦, 1575~1654이다. 광산 김씨의 자세한 행적은 알 수 없고, 그녀의 시가 남편의 문집인 『국창집』 말미에 실려 있다.

꿈속에 돌아가다 몽귀행夢歸行 꿈의 도라가니라

김호연재 金浩然齋

꿈속에 혼이 고향으로 돌아가니
안개와 노을 강에 가득하고 물결만 부질없이 치네.
어촌은 쓸쓸하고 봄빛은 저무는데
아스라이 높은 집 여기가 우리 집이로구나.
고운 풀과 못가에는 푸른 이끼가 피었고
꽃은 어지러이 떨어져 땅에 가득 붉구나.
주렴을 반쯤 걷고 웃으며 서로 맞이하니
우리 형제들 옛집에 완연히 모였네.
은근히 묻고 대답하기는 평소 같았지만
그리움에 말이 이르면 그만 눈물이 절로 흐르네.
그리움에 몇 번이나 몰래 애간장이 끊어졌던가?
아우의 얼굴도 이미 늙고 형은 백발이 되었네.
문득 호숫가에 새벽 조수 치는 소리 들리니
꿈속 혼이 돛 내리는 소리에 놀라 깨었네.
돌아와보니, 슬프게도 찾을 길이 없고
오직 서창에 지는 달만 밝게 비칠 뿐이네.

몽니혼귀귀고향(夢裡魂歸歸故鄕)
꿈속의 혼이 도라 고향의 도라가니

연하만강슈공파(煙霞滿江水空波)

닉와 안개 강의 ᄀ독ᄒ고 물이 브졀업시 물결치ᄂ도다

어촌뇨락츈셕모(漁村寥落春色暮)

어촌이 뇨락ᄒ고 봄비치 져므럿ᄂ듸

표묘고각시오가(縹緲高閣是吾家)

표묘히 놉흔 집이 내 집이로다

방초디당싱벽태(芳草池塘生碧苔)

방초와 디당의ᄂ 프른 닛기 낫고

화락분분만지홍(花落紛紛滿地紅)

ᄭ곳치 ᄯᅥ러지기ᄅ롤 분분이 ᄒ야 ᄯ자희 ᄀ독이 붉엇도다

쥬렴반권소샹영(珠簾半捲笑相迎)

쥬렴을 반만 것고 서로 나 마ᄌ니

뎨형완연구당듕(弟兄宛然舊堂中)

뎨형이 녯집 가온듸 와연ᄒ여도다

은근문답ᄉ평셕(慇懃問答似平昔)

은근이 문답ᄒ매 평셕 ᄀ도니

언도샹ᄉ누ᄌ류(言到相思淚自流)

말이 서로 싱각기의 니ᄅ어ᄂ 눈물이 스스로 흐르ᄂ도다

샹ᄉ기도암단댱(相思幾度暗斷腸)

서로 싱각ᄒ매 몃 번이나 창ᄌ롤 ᄭ끗츤고

뎨안이쇠형빅두(弟顔已衰兄白頭)

아의 얼골이 임의 쇠ᄒ고 형의 머리 희여도다

홀문호샹효됴동(忽聞湖上曉潮動)

홀연이 물 우희 새벽 됴쉬 움죽이ᄆ롤 드르니

몽혼셩각낙범셩(夢魂驚覺落帆聲)

몽혼이 돗대 ᄯᅥ러디난 소ᄅ예 놀나 ᄭ찌닷도다

니귀토창무심쳐(來歸惆悵無尋處)

도라오매 토창ᄒ야 ᄎ줄 곳이 업ᄉ니

유견셔창낙월명(惟見西窓落月明)

오직 셔창의 ᄶ러지ᄂ 돌이 볽아시믈 보ᄂ도다

—『증조고시고曾祖姑詩稿』[1]

1)『증조고시고』의 내제(內題)는 '호연지유고'로 되어 있다. 괄호 안에 병기한 한자는 민찬,『김호연재의 한시 세계』, 다운샘, 2005, 66∼67쪽을 따랐다.

김호연재는 고향 오두에서 출가하기 전까지 형제들과 어울려 시를 짓곤 하였다. 오두는 홍성의 서쪽에 위치한 바다와 가까운 한적한 시골 마을이었다. 그곳에서 형제들과 함께 어린 시절을 보낸 김호연재는 15세 전후에 잇달아 양친을 잃었고, 19세에 출가하여 회덕의 시가로 옮겨 가 살았다. 이 시는 김호연재가 큰오라버니가 보내준 시축詩軸을 받아보고서 답시答詩로 쓴 것이다. 제목 아래 다음과 같이 이 시를 짓게 된 사연을 적어놓았다.

집을 떠나온 지 이미 오래되고 봄도 다 지나가고 있다. 생각이 간절하던 차에 큰오라버니께서 뜻밖에 시 한 축을 보내시니 기쁜 마음을 이기지 못하겠다. 드디어 근래에 구음하여 지어놓았던 잡시를 기록하여 우러러 회답해드린다去家旣遠 春事且闌 思想政切. 伯氏意外 以詩一軸投示 不勝欣覽. 遂錄近來謳吟所成雜詩仰復.

위에서 보듯이 이 시의 원문은 국문의 한자음으로 적혀 있다. 사대부가 여성들은 김호연재같이 한시를 지을 때 한문으로 쓰지 않고 국문으로 한자음을 쓰는 것이 일반적이었다.

이별 뒤 종제 사응에게 부치다
별후긔종뎨ᄉ응別後寄從弟士膺
니별ᄒᆞᆫ 후의 종뎨 ᄉ응의게 브치노라

김호연재

한 밤내 타향에서 옷깃을 나란히 하였는데
총총한 만남과 헤어짐이 사람을 슬프게 하네.
봄바람이 불어오는데 내일 아침은 멀어
물 흐르는 텅 빈 산에 이별의 한이 길다.

일야년금초이향(一夜連襟此異鄕)
ᄒᆞᆫ밤을 이 다른 싀골의 옷기ᄉᆞᆯ 년ᄒᆞ니
총총니합ᄉ인샹(悤悤離合使人傷)
총총ᄒᆞᆫ 니합이 사롬으로 ᄒᆞ여곰 슬프게 ᄒᆞᄂᆞᆫ도다
동풍취거명됴원(東風吹去明朝遠)
동풍이 부러가매 명됴 머러시니
뉴슈공산별ᄒᆞᆫ댱(流水空山別恨長)
물 흐ᄅᆞᄂᆞᆫ 공산의 별ᄒᆞᆫ이 기럿도다

—『증조고시고』

사촌 아우인 사응과 타향에서 잠시 만났다가 또 급히 헤어진 뒤, 그 아쉬움을 적어 보낸 시이다. 마지막 구절은 소식蘇軾의 「십팔대아라한송十八大阿羅漢頌」의 "텅 빈 산에 사람 없는데, 물은 흐르고 꽃은 피어 있네空山無人, 水流花開"라는 구절을 연상케 한다.

남쪽 고을로 가는 셋째 오라버니를 보내며 贈別舍三兄南州

신부용당 申芙蓉堂

팔월이라 찬 다듬이 소리 요란하고
섬돌 사이에선 귀뚜라미 울어댄다.
높은 나무에선 매미 소리 맴맴
너른 들판에선 새 쫓는 소리 휘이휘이.

八月寒砧多　　階際蟋蟀鳴
高樹蟬聲起　　曠野驅鳥聲

푸른 하늘엔 북풍이 높고
남쪽 고을엔 가을 파도가 차겠지.
저녁 무렵 큰 배가 떠나는데
노 젓는 소리 맑고도 한가롭다.

碧落北風高　　南州秋濤寒
夕陽大船去　　棹歌清且閒

남쪽 고을로 떠나는 오라버니와 헤어져
멀리 바라보니 외로운 배만 푸른 강물에.
아득히 산자락에는 숲이 울창한데

쓸쓸히 가을바람 나무 밑으로 불어오네.
깊은 숲 속 까막까치는 남쪽으로 날아가고
밤 깊어 홀로 앉았노라니 나 절로 알겠네.
달 아래 거닐자니 그리는 마음 괴로운데
오라버니 또한 혼자 앉아 내 생각 하겠지.

兄主離別送南州　　遠望孤舟淸江渡
山根悠悠樹蒼蒼　　秋風蕭瑟吹木下
深林烏鵲南飛去　　夜深獨坐我自知
月下徘徊思心苦　　兄亦獨坐應思我

때는 한가을 팔월이라
북풍이 오동나무 끝에 부네.
기러기 떼 남쪽으로 날아가니
창망한 저 하늘로 편지나 부칠까?
남과 북 사이 백 리도 못 되는데
아득히 두 강이 길게 가로놓여 있네.
남쪽 고을에는 가을 달 밝고
산과 강에는 나뭇잎 푸르겠지.
푸른 하늘엔 구름이 막 일어나고
은하수는 동쪽으로 잠깐 사이 기우는데,
창 아래 여전히 홀로 앉아 있노라니
한밤중 어디선가 들리는 닭 울음소리.

仲秋八月時　　北風吹高梧
鷹群南飛去　　蒼茫欲寄書

南北未百里　　悠悠二江長
南州秋月明　　山河樹葉蒼
碧落雲初起　　銀河暫東傾
窓下猶自坐　　夜半鷄鳴聲

—『산효각부용시선山曉閣芙蓉詩選』

이 시는 신부용당이 셋째 오빠 신광하_{申光河}를 남쪽 고을로 보내며 쓴 시이다. 첫째 수에서는 다듬이 소리, 귀뚜라미 소리, 매미 소리, 새 쫓는 소리까지 온갖 소리들이 떠나는 이를 배웅하는 듯하다. 둘째 수에서는 첫째 수의 떠들썩함과는 달리 오빠를 태우고 가는 배의 노 젓는 소리가 한가롭기만 하다. 오빠가 떠나기 전의 떠들썩함과 떠나고 난 후의 조용함이 대비되어 허전함이 더욱 부각된다. 셋째 수에서는 정을 내세운다. 달빛 아래 오빠를 그리워하는 심정을 드러내고 오빠 역시 같은 마음이려니 생각하는 구절은 상투적이면서도 왠지 뭉클한 심정을 불러일으킨다.

이 시에서 보는 것처럼 신부용당이 남다른 형제애를 보이는 데는 특별한 사연이 있었다. 그녀와 동년배인 조카 신석상_{申奭相}이 쓴 그녀의 제문을 보자.

우리 아버님의 형제분 세 분은 일세에 문사로서 이름을 떨치셨다. 부인은 우리 할머님의 어린 딸로 세 분의 영향을 받으셨다. (…) 우리 형제 다섯이 (부인과) 나이가 엇비슷하여 위아래로 서로 더불어 글을 배우고 문장을 짓고 음식과 유희를 함께 즐겼다. 그 뒤에 부인이 나이가 점점 들자 그 학문을 버리고 거의 문자를 꺼리는 듯이 하셨다.

―「제고모윤부인문 계해년(1803)祭姑母尹夫人文癸亥」에서

그녀가 형제자매뿐 아니라 조카들 사이에서도 어느 정도 동등한 교육을 받으며 대등하게 교유했음을 알 수 있다. 그녀는 제법 당돌한 누이이기도 하였다. 셋째 오빠 신광하가 원복_{元服}, 즉 남자가 스무 살에 어른의 의관을 갖추는 의식을 치르던 날 그녀가 「계언_{誡言}」을 써주었는데, 그 글에서 그녀는 오빠에게 어릴 때의 뜻을 버리고, 덕을 이루고

힘써 학문에 나아가, 입신양명하여 부모님을 드러낼 것을 권면하고
있다.

아우에게贈舍弟

서영수합

나 쇠약해가는 거야 뭐 말할 게 있나?
자네 늙는 게 또한 마음에 걸린다네.
지팡이 짚고 나서니 가을바람이 차고
방문을 여니 옥 같은 이슬이 맑다네.
비록 풍악 소리 드높지는 않지만
그래도 술과 차가 아울러 있으니,
홰나무 아래서 한가로이 잠자는 것이
명리를 다투는 것과 어떠한가?[1]

吾衰那足道　　君老亦關情
依杖金風冷　　開軒玉露淸
雖無絲管沸　　還有酒茶幷
閑睡槐陰下　　何如名利爭

—『영수합고』

서영수합이 늙은 아우에게 이제 그만 벼슬에서 물러나 쉴 것을 권하는 시이다. 가을이라는 쇠락의 절기와 노쇠해가는 인생의 단계가 절묘하게 맞아떨어질 뿐 아니라, 인생의 길을 좀더 일찍 걸어간 누이의 노성한 충고가 담담한 어조 속에서 진실성을 더하고 있다.

---

1) 마지막 두 구절은 괴안몽(槐安夢)의 고사를 끌어온 것이다. 순우분(淳于棼)이 오래된 홰나무 아래서 술을 마시다가 취하여 꿈을 꾸었다. 꿈속에서 대괴안국(大槐安國)을 보았는데, 괴안국의 왕이 그를 불러 부마로 삼고 남가태수(南柯太守)에 봉하여 30년간 부귀영화를 모두 누렸다. 그런 데 술에서 깨어보니 홰나무 아래 큰 개미굴이 있고 남쪽 가지에 작은 굴이 하나 있는데, 곧 꿈속의 괴안국과 남가군이었다. 이 고사는 인생이 꿈과 같고 부귀영화도 무상함을 비유한다.

친정에 간 꿈 夢歸

홍유한당 洪幽閑堂

내 마음 먼 길 떠나온 나그네 같은데
누가 고향에 돌아왔다 하는가?
내 눈길은 농서 땅 구름 가에 머물러
꿈결에 어머니 곁으로 돌아왔네.
문 앞의 버드나무는 안개 속에 푸르고
마당의 국화는 서리 맞아 노랗게 피었는데,
아버지 어머니는 이 딸이 보고 싶어서
창문을 열고 달빛을 보고 계시네.
기뻐하며 부모님께 절을 올리니
내 손을 붙들고서 함께 마루에 오르시네.
헤어졌던 심정을 한바탕 말하며
옷자락을 당기며 어머니 곁에 앉았네.
오라비와 아우 서로 웃으며
한 줄로 앉아 모두 즐거워하니,
은 촛대의 불빛은 그림 벽을 비추고
금 찻잔에 담긴 귀한 차는 향기롭네.
어느덧 닭이 울고 순라 소리 울리니
가을밤도 오히려 길지가 않구나.
바라건대 구름 속 기러기가 되어

내 마음대로 훨훨 날아갔으면.

心似爲遠客　　誰云歸故鄉
目斷隴西¹⁾雲　　片夢歸萱堂²⁾
門柳烟裡碧　　庭菊霜後黃
爺孃憶阿女　　推窓看月光
歡喜拜膝前　　携手共登床
盛說別離情　　牽衣在母傍
下有兄弟笑　　怡怡³⁾成一行
銀燭畵壁明　　寶茶金尊香
鷄鳴官笳動　　秋夜猶未長
願作雲裡鴻　　隨意任翶翔

—『유한집幽閒集』

1) 농서(隴西)는 황해도 서흥의 옛 이름으로, 홍유한당의 아버지 홍인모의 부임지였다.
2) 훤당(萱堂)은 어머니의 이칭이다. 옛날에 어머니는 북당(北堂)에 거처했는데 그 뜰에 원추리 (萱)를 심은 데서 비롯된 말이다.
3) 이이(怡怡)는 기뻐하는 모습을 나타낸다.

홍유한당의 시는 대체로 출가하기 전에 지어진 것들이 많은데 이 시는 출가한 뒤의 작품으로, 친정에 대한 그리움을 토로하고 있다. 그리운 부모님과 형제들을 꿈속에서 찾아가 잠시나마 기쁨을 누려보았지만, 야속하게도 새벽을 알리는 닭 울음소리와 순라 소리에 그만 잠에서 깨어나 하염없이 하늘만 바라보며 그리움을 참을 수밖에 없는 것이 그녀의 현실이었다.

홍유한당은 「고향의 매화를 그리며憶鄕梅」라는 시에서도 친정을 그리워하는 애틋한 정을 호소하였다.

천 리 멀리 그립구나, 한 그루 매화나무
담장 위로 달빛이 비칠 때 제 먼저 피었지.
몇 해나 봄비에 누구를 위해 피었을까?
밤마다 농서 땅이 꿈속에 찾아드네.

千里歸心一樹梅　　墻頭月下獨先開
幾年春雨爲誰好　　夜夜隴頭入夢來

막내 동생을 떠나보내며 送舍季詩

홍유한당

네가 찾아온 지 스무 날도 채 안 되었는데
시간이 너무나 빨리 지나버렸구나.
부모님 슬하에서 함께 즐길 땐
색동옷 너풀거리며 마당에서 종종거렸지.
마음을 활짝 열어놓고 심중을 논하였고
책상을 나란히 하고서 책을 읽었지.
너 돌아갈 날이 어찌 이리도 빨리 이르렀나?
임금님 부르시는 길을 어찌 감히 어기랴?
봄추위가 아직도 풀리지 않아
성긴 눈발이 날려 얼굴을 내려치니
가는 길 얼음 덮여 험난할까 걱정인데
아쉬워하는 사이 어느새 동이 텄네.
벼슬살이 나가고 물러남은 모두 운수에 달렸으니
네가 오고 가는 것을 기약할 수가 없네.
네가 서울로 떠난 뒤에는
집 안에 웃음소리가 드물어지겠지.
문 앞에 버드나무 푸를 때
나 또한 친정을 떠나왔었지.
머지않아 우리 다시 만날 터

어깨를 나란히 해 돌아가고 싶구나.

君來未二旬　　光陰苦不遲

繞膝供歡樂　　趨庭舞彩衣

論襟開心豁　　讀書共床帷

歸期何太速　　王程[1]不敢違

春寒猶未解　　踈雪撲面飛

行愁氷路難　　惜別歎曙暉

行藏[2]皆有數　　來往不可期

君去洛陽後　　堂上笑語稀

門前柳綠時　　我亦辭庭闈

相逢知不遠　　願得聯袂歸

-『유한집』

1) 왕정(王程)은 왕명을 받들어 파견 가는 길을 말한다.
2) 행장(行藏)은 나가서 일을 행하는 것과 물러가서 숨는 것을 뜻한다.

홍유한당의 친정 가족들은 앞서 보았듯이 모두 문명文名을 날린 사람들이었다. 이들은 특히 함께 모여 책을 읽고 토론을 하거나 시를 짓는 시간을 많이 가졌다. 유한당의 오빠 홍길주의 회고에 따르면 "어렸을 때 안방에서 어머니를 모시고 있다가 연천淵泉 선생홍석주이 일을 마치고 돌아오면 형제자매들이 모두 둘러앉아 철인哲人들의 행적과 경전과 사서史書에 나오는 좋은 구절들을 화제로 서로 토론하였으며, 틈나면 시를 지어 수창酬唱하기도 하면서 종일 놀았다"라 하였다. 이 시는 그러한 유한당의 가족생활을 엿보게 하는 작품이다.

언니를 시집보내며 送兄于歸 三章

김삼의당

동쪽 동산 바라보니
복숭아꽃 곱디곱네.
시집가는 우리 언니
가마 타고 가네.
저 건너 성 남쪽
까마득히 멀어져가는 길.
함께 가지 못하니
내 마음은 타는 듯.

瞻彼東園　　有桃夭夭[1]
我兄其歸　　六轡[2]是調
于彼城南　　去路迢迢
未作同歸　　我心如焦

---

1) 69쪽 주 1 참조.
2) 육비(六轡)는 거마(車馬)를 지칭한다. 『시경詩經, 진풍秦風, 소융小戎』에 "네 필의 수말이 매우 크니, 여섯 줄의 고삐가 손에 있네四牡孔阜, 六轡在手"라 하였다. 여기서는 가마로 옮겼다.

저 냇물 바라보니
가마가 나루를 건너네.
시집가는 우리 언니
좋은 아내 되리라.
저 건너 어진 가문
새사람을 맞이하리.
함께 가지 못하니
아아! 나는 여자의 몸.

瞻彼泉源　　征車涉津
我兄其歸　　宜其家人
于彼賢門　　爰迎其新
志不同行　　嗟我女身

저기 먼 길 바라보니
흰 구름 일어나네.
시집가는 우리 언니
신랑 따라 멀어지네.
저 건너 이별 정자
노을 진 십 리 길.
가는 모습 슬피 보니
내 마음은 타는 듯.

瞻彼長程　　白雲初起
我兄其歸　　遠從吉士[3]
于彼離亭　　夕陽十里

恨望行塵   我心如燼

—『삼의당고』

---

3) 길사(吉士)는 남자의 미칭이다. 『시경詩經, 소남召南, 야유사균野有死麕』에 "봄을 그리는 여자
가 있어, 멋있는 사내가 꾀어 가네有女懷春, 吉士誘之"라 하였다.

빗속에 회포를 적다雨中書懷

김운초

성도를 한번 떠난 뒤 그리움이 간절한데
뜨락의 꽃들 비 오듯 부슬부슬 떨어지네.
처마의 까치 소리에 어렴풋이 잠이 깨니
꿈결에 고향 가는 길은 실처럼 가늘구나.

一別成都惱遠思　　庭花如雨滴霏霏
簷鵲數聲慵罷夢　　夢中歸路細如絲

— 『부용집芙蓉集』

운초가 연천淵泉 김이양金履陽의 소실이 되기 전에 살았던 곳이 바로 성도, 곧 성천이다. 이 시는 운초가 남편을 따라 서울로 옮겨 와 한가한 삶을 즐기면서도 한편으로는 고향 성천을 몹시 그리워했음을 알려준다. 비 내리자 비 오듯이 나부끼는 꽃잎들을 바라보며 고향 생각에 젖어들다 깜박 잠이 들었다가, 처마에서 들려오는 까치 소리에 다시 깨어나보니, 꿈길에 찾았던 고향 가는 길은 실처럼 희미하기만 하다.

제4부 ◉

자연의 소리, 내면의 울림

나 홀로 그 즐거운 소리 들으니
세상에서 그 누가 이 정경 알리?

취하여 읊다醉裡吟

송덕봉

천지가 비록 넓다고 하나
깊은 규방에선 참모습 보지 못하네.
오늘 아침 반쯤 취하고 보니
사해는 넓어 끝이 없구나.

天地雖云廣　　幽閨未見眞
今朝人半醉　　四海闊無津

—『미암일기』

『미암일기』에 묘사된 송덕봉은 매사에 활달하고 적극적으로 생활하는 모습이다. 남편 유희춘을 따라 서울에 와서 살 때, 그녀는 바깥세상에 대한 관심으로 종종 거리에 나서곤 하였다. 새벽같이 집을 나서 종묘로 제사를 지내러 나온 임금 행차를 구경하고 돌아오기도 했으며, 중국 사신이 왔을 때는 궁궐 앞에서 행하는 의례를 구경하기 위해 궁궐 주변의 정자에 나가보기도 했다. 이처럼 세상에 대한 관심이 많았지만, 송덕봉도 결국 규방이라는 영역을 벗어날 수는 없는 신세였다. 이 시는 어느 날 규방에 갇힌 답답한 신세를 술에 취해 한탄한 작품이다.

손에 봉숭아꽃을 물들이며 染指鳳仙花歌

허난설헌

저녁 이슬 금빛 화분 붉은 꽃망울에 맺히면
미인은 가늘고 긴 열 손가락에다,
대절구에 짓찧어 배추 잎으로 말아
등잔 앞에서 귀고리 울리도록 칭칭 동이네.
새벽에 일어나 단장 뒤 주렴 걷으면
거울로 튀어드는 불꽃 반가이도 보이네.
풀잎을 뜯을 때는 붉은 나비 날아온 듯
아쟁을 켤 때는 복숭아 꽃잎 떨어지는 듯.
톡톡 분 바르고 비단 같은 머리 매만지자니
상강의 대나무 피눈물 자국인 듯.[1]
이따금 붓을 쥐고 초승달 그리다보면
붉은 빗방울이 눈썹에 스치는가 싶다.

金盆夕露凝紅房　　佳人十指纖纖長
竹碾搗出捲菘葉　　燈前勤護雙鳴璫[2]

---

1) 요(堯) 임금의 두 딸로 순(舜) 임금의 왕비가 된 아황(娥皇)과 여영(女英)이 순 임금 사후에 상
강에서 슬피 울다가 물에 빠져 죽었는데, 이때 흘린 눈물이 대나무에 얼룩져서 소상반죽(瀟湘斑
竹)이 되었다는 전설이 있다.

粧樓曉起簾初捲　　喜看火星³⁾抛鏡面
拾草疑飛紅蛺蝶　　彈箏驚落桃花片
徐勻粉頰整羅鬢　　湘竹臨江淚血斑
時把彩毫描却月⁴⁾　　只疑紅雨過春山⁵⁾

—『난설헌집』

2) '雙鳴璫'이 신활자본 『허부인난설헌집許夫人蘭雪軒集』에는 '鳴雙璫'으로 되어 있다. 명당(鳴璫)은 머리 장식으로, 금옥으로 만들어서 흔들면 소리가 나기 때문에 이런 명칭이 붙었다. 여기서는 이당(耳璫), 곧 귀고리에 달린 옥구슬로 보았다.
3) 화성(火星)은 매우 작은 불꽃을 말한다.
4) 각월(却月)은 초승달 또는 반달 같은 눈썹을 말한다.
5) 춘산(春山)은 미인의 눈썹을 말한다. 팔자춘산(八字春山).

섬세하고 감각적인 묘사가 단연 돋보이는 작품이다. 봉숭아 꽃잎으로 손톱을 물들이는 과정이나, 빨갛게 물든 여성의 손톱이 빚어내는 다채로운 정경들이 대단히 감각적이다. 특히 거울에 비친 손톱, 풀잎을 뜯는 손톱, 아쟁을 켜는 손톱, 화장하는 손톱을 묘사할 때 각기 동원한 동사들과 비유어들이 절묘하게 어울려, 매 구마다 화려한 색채와 생동하는 율동감이 흐른다.

박연폭포 朴淵

황진이

한 줄기 긴 시내가 골짜기를 갈듯이 뿜어내리니
용이 서린 백 길 못에 물이 휘돌아 넘치네.
거꾸로 쏟아지는 폭포는 은하수인 듯
가로 드리운 성난 폭포는 완연히 흰 무지개.
우박처럼 천둥처럼 치달려 골짜기를 가득 채우고
구슬을 찧듯 옥을 부수듯 맑게 갠 하늘에 쏟아지네.
노니는 사람들아 여산이 낫다는 말 하지 마라
천마산이 해동에서 으뜸임을 알아야 하리.

一派長川噴壑礲　　龍湫百仞水潨潨[1]
飛泉倒瀉疑銀漢　　怒瀑橫垂宛白虹
雹亂霆馳彌洞府　　珠舂玉碎澈晴空
遊人莫道廬山[2]勝　　須識天磨冠海東

—『대동시선』

---

1) 총총(潨潨)은 물이 흘러들어 가는 소리를 나타낸다.
2) 여산(廬山)은 중국 장시 성(江西省) 주장 시(九江市) 남쪽에 위치한 산. 이 구절은 소식의 「제 서림벽題西林壁」의 "가로로 보면 산마루요 곁에서 보면 봉우리가/원근에 따라 높고 낮음이 각각 다르네./여산의 진면목을 알지 못하는 까닭은/다만 이 몸이 이 산 가운데 있기 때문일세橫看成 嶺側成峯, 遠近高低各不同. 不識廬山眞面目, 只緣身在此山中"를 염두에 둔 것이다.

이 시는 박연폭포의 웅장함을 묘사하였는데, 그 필치가 자못 남성적이다. 과장법과 의인법, 도치법과 같은 수사적 장치를 통해 황진이는 박연폭포의 호쾌한 물줄기가 만들어내는 장관을 시원스럽게 전하고 있다. 중국의 여산보다 송도의 박연폭포가 더 빼어난 절경이라고 은근히 자랑하는 데서 그녀의 자부심을 느낄 수 있다. 그녀 스스로 자신과 서경덕徐敬德, 박연폭포를 송도삼절松都三絶로 꼽지 않았던가?

시름愁思

이매창

비온 뒤 서늘한 바람이 대자리에 이는 가을
밝은 달 휘영청 누대 머리에 걸렸네.
밤새도록 깊은 방에 울리는 귀뚜라미 소리
이내 심사 만곡의 시름을 찧어대는구나.

雨後凉風玉簟[1]秋　　一輪明月掛樓頭
洞房終夜寒蛩響　　擣盡中腸萬斛愁

떠돌며 밥 얻어먹기를 평생 부끄럽게 여기고
차가운 매화 가지에 비치는 달을 홀로 사랑했었지.
고요히 살려는 나의 뜻 세상 사람들은 알지 못하고
지나는 길손들 손가락질하며 제멋대로 구는구나.

平生恥學食東家[2]　　獨愛寒梅映月斜
時人不識幽閑意　　指點行人枉自多

—『매창집』

첫 수가 『대동시선』에 「가을 시름秋思」으로 선발되어 있다. 첫 수는 매창이 누군가를 향한 애틋한 그리움과 시름을 호소한 작품이다. 비 온 뒤 대자리에 이는 서늘함은 임이 없는 데서 오는 쓸쓸함과 허전함 을 더욱 부추기고, 밝은 달은 그런 자신의 처지를 더욱 선명하게 비춘 다. 게다가 밤새 멈추지 않는 귀뚜라미 울음소리는 온갖 상념으로 바 쉬지는 자신의 심정을 대신하는 듯하다.

둘째 수에서 매창은 비록 기생의 신분이나, 시인으로 살고 싶어한 심정을 토로하였다. 질펀한 연회를 전전하는 기생의 삶 속에서도 매화 와 달빛을 사랑하는 시인이고자 하는 그녀를 세상 사람들은 비웃을 뿐 이다.

---

1) 옥점(玉簟)은 대나무의 미칭이다.
2) 식동가(食東家)는 동가식서가숙(東家食西家宿), 곧 먹을 것과 잘 곳 없이 떠돌아다닌다는 뜻이다.

쓸쓸한 마음 蕭蕭吟

안동 장씨

창밖에 부슬부슬 내리는 비
쓸쓸한 그 소리는 자연의 소리.
자연의 소리를 듣고 있으니
내 마음도 자연 그대로.

窓外雨蕭蕭　　蕭蕭聲自然
我聞自然聲　　我心亦自然

—『정부인안동장씨실기』

『대동시선』에 선발되어 있다. 이 시는 유달리 반복되는 어휘가 많아 쉽게 쓴 것처럼 보이기도 하지만, 여러 번 반복해서 읽으면 자연의 소리가 자연스럽게 읽는 이의 마음에서도 울려 퍼지는 것을 느낄 수 있다. 원래 이 시는 아래의 시 「성인을 노래함^{聖人吟}」과 함께 팔룡수첩^{八龍繡帖}이라는 비단 첩자에 실려 있었다.

성인의 시대에 태어나지 않아
성인의 얼굴을 뵙지 못하지만,
성인의 말 들을 수 있고
성인의 마음 볼 수 있다네.

不生聖人時　　不見聖人面
聖人言可聞¹⁾　　聖人心可見

---

1) 『대동시선』에는 '可聞'이 '何聞'으로 되어 있다.

경물을 대하여 卽景

남의유당南意幽堂

지저귀는 새소리 속에 고운 햇살이 더디니
물가 작은 정자에서 짧은 주렴을 드리웠네.
이름난 꽃들이 골짜기 가득 그림처럼 펼쳐 있어
궁벽한 땅이라도 풍광이 절로 기특하구나.

데됴셩듕녀경디(啼鳥聲中麗景遲)ᄒ니
우ᄂᆞᆫ새 소리 가온디 고온 날빗치 더디여시니
님뉴쇼각단념슈(臨流小閣短簾垂)라
흐르ᄂᆞᆫ 물 져근 집의 져근 발을 드리오도다
명화일동긔도화(名花一洞開圖畵)ᄒ니
일홈난 꼿치 ᄒᆞᆫ 골의 그림을 여러시니
벽디풍광이ᄌᆞ긔(僻地風光爾自奇)라
궁벽ᄒᆞᆫ 짜히 풍광이 네 스ᄉᆞ로 긔특ᄒᆞ도다

어젯밤 동풍에 가랑비가 부슬부슬 내리니
동산에는 붉은 꽃이 지려 하고 버들개지가 날린다.
뾰족뾰족 새로 솟는 푸른 싹이 사랑스러워
지팡이 짚고 마당 거닐며 겹옷을 입어본다.

쟉야동풍세우비(昨夜東風細雨霏)ᄒ니

어젯밤 동풍의 ᄀᄂ 비가 비〃ᄒ니

원홍욕노뉴화비(園紅欲老柳花飛)라

동산의 붉은 거시 늙고져 ᄒ고 버들곳치 놀니ᄂ도다.

용〃닝애신츄록(茸〃仍愛新抽綠)ᄒ니

쏀쪽〃ᄒ 거슨 다시 새로 쎄혀 ᄂᄂ 프론 거슬 수랑ᄒ니

부댱계뎡시겹의(扶杖階庭試裌衣)라

막디롤 섬과 뜰ᄒ 붓드러 겹오솔 시험ᄒ도다

—『의유당유고意幽堂遺稿』[1]

1) 유탁일 소장본을 저본으로 하였다. 원본에는 한자음으로 된 시 아래 2행으로 국문 번역시가
부기되어 있는데, 여기서는 한자음에 한자를 보충해 넣었다.

매미 소리蟬聲

신부용당

녹음 속에 매미 우는 소리
나날이 맑고 절묘해지네.
나 홀로 그 즐거운 소리 들으니
세상에서 그 누가 이 정경 알리?

綠樹蟬聲鳴　　日日淸且巧
吾獨聞樂聲　　世人誰知好

—『산효각부용시선』

맑고도 절묘하게 울어대는 매미 소리를 들으며 시인은 계절의 변화를 느끼고 있다. 자연의 변화를 느끼고 자연의 순리를 깨닫는 기쁨과 즐거움은 오직 시인 혼자만의 세계라, 세상 사람들이 알아주지 않아도 그만이다.

대설에 시를 짓다大雪呼韻

서영수합

꽃처럼 나비처럼 어지러이 하늘을 날더니
은빛 나무 구슬 누대가 눈부시게 빛나네.
들판의 주막, 산의 다리 온통 구분할 수 없으니
길 가는 사람들 때맞추어 돌아갈 수 있을지?

輕花散蝶亂空飛   銀樹瑤臺[1]相映輝
野店山橋渾莫辨   行人那得及時歸

—『영수합고』

---

1) 은수요대(銀樹瑤臺)는 눈이 내려 온통 하얀 나무와 누대를 이른다.

도연명 시에 차운하다 次陶淵明韻

서영수합

잦은 병으로 여전히 베개 베고 있으니
늙어갈수록 세상사와 멀어지네.
오랜 객지 생활 아직도 돌아가지 못하는데
성 남쪽에는 내 집이 있다네.

多病尙伏枕　　老去世情踈
久客歸未得　　城南有吾廬

돌아감이 늦어져도 한스럽지 않으니
흥이 나면 거문고와 책을 즐기기 때문.
관사는 마치 절 방 같아서
높은 벼슬아치의 수레 따윈 이르지 않네.

不恨歸來遲　　興到弄琴書
官舍如禪室　　門無大人車

때맞춰 오는 비가 만물을 촉촉이 적시니
채마밭 나물들이 좋은 맛을 내네.
지팡이 끌며 동산에 오르니

어린아이가 나의 벗이 되는구나.

時雨潤物細　　好味在園蔬
携杖登平原　　稚子相與俱

머리 들어 푸른 산을 바라다보니
푸른 산이 마치 한 폭 그림 같구나.
지극한 즐거움이 여기에 있으니
이 밖에 다시 무엇을 구하랴?

擧頭望靑山　　靑山如畫圖
至樂在此中　　此外更何如

—『영수합고』

서영수합이 남편의 부임지인 서흥瑞興 관사에서 생활할 때 쓴 작품이다. 도연명의 시를 차운한 데서도 짐작할 수 있듯이, 서영수합은 자연 속에서 한가하게 생활하며 얻는 평담한 기쁨을 시로 읊었다. 때맞추어 내리는 봄비에 채마밭 채소들이 풋풋하게 자라 맛있는 반찬거리가 된다는 말에서, 여성 특유의 소박하고 자연스런 감각을 엿볼 수 있다.

먼 숲의 가을 매미 소리遠樹晩蟬

서영수합

맑게 갠 창 저녁 햇살 머금을 때
그윽한 흥취를 남은 시편에 부친다.
찬 매미가 이슬 내린 잎에서 울어대니
가을이 다가온 줄 알겠네.

晴窓銜[1]暮景　　幽興付殘篇
寒蟬吟露葉[2]　　知是近秋天

—『영수합고』

1) '銜'이 『대동시선』에는 '舍'으로 되어 있다.
2) 이 구절이 『대동시선』에는 "늙은 매미가 찬 잎에서 울어대니(老蟬吟冷葉)"로 되어 있다.

이 시는 「막내아들의 '동가의 열 가지 풍경'에 차운하다次季兒東嘉十詠」 중 한 수이다. 막내아들은 홍현주이고, 동가는 그가 살던 곳이다. 아들의 시를 어머니가 차운하는 모습이 매우 인상적이다. 서영수합의 큰아들 홍석주와 딸 홍유한당 역시 '동가의 열 가지 풍경'이란 제목으로 시를 남기고 있어, 영수합의 집안에서 시문을 수창하는 분위기를 엿볼 수 있다.

홍유한당의 「먼 숲의 가을 매미 소리遠樹晚蟬」는 다음과 같다.

내 동생 문장을 좋아하여
내게 새로 지은 시편을 보내왔네.
가을바람 불고 매미 울 때
응당 농서 땅 바라보았으리.

吾弟好文章　　遣我新詩篇
秋風蟬語時　　應望隴西天

매미 소리를 듣다 聽蟬

서영수합

높은 누각에서 주렴 걷고 매미 소리 듣고 있자니
매미는 맑은 시냇가 푸른 나무에서 울고 있네.
비 온 뒤 매미 울음소리에 산 빛은 푸르러
가을바람 맞으며 해 지는 하늘에 기대어 있네.

捲簾高閣聽鳴蟬　　鳴在淸溪綠樹邊
雨後一聲山色碧　　西風人倚夕陽天

—『영수합고』

삼오칠언三五七言

홍유한당

달이 막 떠오르자
눈도 막 개었네.
뜰 안 나뭇가지엔 하얀 눈꽃이 피어나고
언 시냇물엔 옥 같은 달빛이 흩어지네.
아득히 하늘과 땅은 모두 한빛인데
또렷한 은하수가 삼경을 알리네.

月初出　　　　雪初晴
庭柯生花白　　溪氷散玉明
天地茫茫通一色　星河歷歷報三更

—『유한집』

한시 삼오칠언은 이 시의 원문에서 보듯이, 1·2구는 3언, 3·4구는 5언, 5·6구는 7언으로 이루어진 잡체시雜體詩이다. 이런 시의 형식은 이백李白의 「삼오칠언」에서 시작되었다.

홍유한당의 이 시는 일체의 정서를 드러내지 않은 채, 다만 눈 내린 달밤의 풍경을 시간의 흐름을 좇아 묘사하였을 뿐이다. 유한당의 어머니 서영수합 역시 같은 제목으로 시를 남기고 있어, 두 시를 나란히 읽으면 더욱 묘미가 있다. 서영수합의 「삼오칠언」은 다음과 같다.

여름날은 길고
홰나무 그늘은 맑구나.
내일 아침 나그네 보내려니
말이 히잉히잉 처량히 우네.
묻노니, 헤어지는 심정 또 어떠한가?
농서의 나무, 고개 위 구름도 모두 정을 머금은 듯.

夏日長　　　　　槐陰淸
明朝送行子　　　歸馬蕭蕭鳴
借問別意更如何　隴樹嶺雲摠含情

이백의 「삼오칠언」은 다음과 같다.

가을바람 맑고
가을 달은 밝다.
낙엽은 모였다가 다시 흩어지고
까마귀는 깃들였다 또 놀라 날아가네.
그리운 이 만날 날은 언제인가?

이 밤 이 시각 그리는 정을 참기 어려워라.

秋風淸　　　　　秋月明
落葉聚還散　　　寒鴉棲復驚
相思相見知何日　此時此夜難爲情

한가로이 읊다 閒詠

박죽서

짙푸른 숲 그늘에 스러지는 노을만 자욱한데
술기운에 몹시 취해 낮잠까지 겹치네.
비 그치니 똑똑 물 새는 집이 걱정이고
봄 깊어 개골개골 개구리 소리 들리네.
늘 보이는 저 새는 내 마음 아랑곳없이 오가고
차례대로 피는 저 꽃은 부귀함이 남아 있네.
하루라도 그냥 지나치면 정말 아까워
풍광 모두 가져다가 시인에게 맡기네.

樹陰濃綠鎖殘霞　　酒氣沉沉午睡加
雨歇床床¹⁾愁漏屋　　春深閣閣²⁾聽鳴蛙
去來不管尋常鳥　　富貴猶存次第花
一日放過眞可惜　　盡輸風物屬詩家

—『죽서집』

---

1) 상상(床床)은 용례가 보이지 않으나, 여기서는 물 떨어지는 소리로 보았다.
2) 각각(閣閣)은 개구리 울음소리를 나타내는 말이다.

섣달그믐 밤除夕

박죽서

집집마다 폭죽으로 큰 거리 법석이고
송구영신 재촉하느라 촛불이 붉구나.
반쯤 진 매화는 아직 섣달 눈처럼 남았는데
한 울음 새벽닭 소리 벌써 봄바람을 알리네.
무정하게 또 올해도 떠나보내니
힘 있은들 이 밤을 돌이키기는 어려워라.
예니 제니 흐르는 세월은 한바탕 꿈일 뿐
인생은 속절없이 늙어만 가네.

家家爆竹九街¹⁾通　新舊相催燭影紅
半落梅猶餘臘雪　一聲鷄已報春風
無情又遣今年去　有力難回此夜窮
萬古消磨²⁾應是夢　人生老在不知中

—『죽서집』

---

1) 구가(九街)는 도성(都城)의 큰 거리를 말한다.
2) 소마(消磨)는 소모, 마멸과 같은 말로, 세월을 보낸다는 뜻이다.

일생 병치레를 많이 해서인지, 박죽서의 시는 종종 어둡고 애상적인 정조를 띤다. 이 시는 섣달그믐 날의 떠들썩한 바깥 풍경과는 대조적으로, 조용히 한 해를 마감하는 병약한 자신의 모습을 그려 보이고 있다.

겨울밤冬夜

박죽서

눈이 올 듯 하늘엔 기러기 멀리 날아가고
매화꽃이 막 지니 꿈은 더욱 맑아진다.
북풍이 밤새도록 띳집 처마에 불어대니
몇 그루 찬 대나무가 빗소리를 내는구나.

雪意虛明遠雁橫　　梅花初落夢逾淸
北風竟夜茅簷外　　數樹寒篁作雨聲

—『죽서집』

『대동시선』에 선발되어 있는 죽서의 대표작이다. 눈이라도 내릴 듯한 깊은 밤, 잠 못 들고 앉아 대숲에 이는 바람 소리를 듣고 있는 모습에서, 박죽서의 쓸쓸한 내면세계를 엿볼 수 있다. 죽서는 같은 제목으로 겨울밤을 몇 차례나 읊었다. 함께 감상해보자.

종소리 겨울 추위를 깨느라 유독 더디 전하는데
희미한 달빛과 드문드문 별빛에 새벽이 오려 하네.
서글프네, 지는 매화 뒷날의 기약을 남겨도
내년 이날에 또 시를 짓고 있겠지.

鍾聲破凍報偏遲　　淡月稀星欲曉時
怊悵殘梅留後約　　明年此日更題詩

설달 전에 눈이 너무 잦다 말라
내년에 풍년 들어 격양가를 들을 터.
당당한 세밑 풍경은 응당 머물지 않으니
녹록한 이 인생을 어찌할 것인가?
찬 이불엔 꿈도 없어 외로운 등불만 떨어지고
새벽달은 서리 같은데 기러기 한 마리 지나가네.
이 밤이 다가도록 북풍이 띳집 너머 불어
솔바람 소리가 문득 강 물결 소리인가 싶어라.

臘前莫說雪頻多　　來歲應聞擊壤歌
歲色堂堂應不住　　人生碌碌奈渠何
寒衾無夢孤燈落　　曉月如霜獨雁過
竟夜北風茅屋外　　松聲還訝聽江波

지는 꽃을 보고 읊다 奉夫子見落花吟

김삼의당

뜰에 가득 지는 꽃을
아이야 쓸지 마라.
조각조각 남은 봄빛을 흩으며
한 잎 한 잎 풀밭에 점을 찍네.
처마의 제비는 꽃잎을 차고 오르고
산새는 꽃잎을 물고 날아다닌다.
아무리 구경해도 싫증이 안 나
일찌감치 비단 창의 주렴을 걷었네.

落花滿庭上　　童子且莫掃
片片散餘春　　箇箇點芳草
蹴去付堂鷰　　含飛有山鳥
愛惜不厭看　　紗牕捲簾早

—『삼의당고』

이 시의 원제목을 그대로 옮기면 '남편을 받들고 지는 꽃을 보며 읊은 시'이다. 화사한 봄날 부부가 나란히 앉아 마당에 수북이 지는 꽃을 보며 한가롭게 시를 수창하는 모습을 그려볼 수 있다. 이 시 아래 삼의당의 남편이 쓴 차운시가 실려 있다.

지는 꽃잎 눈처럼 떨어져
마당에 가득, 아까워 쓸지 않네.
창밖 나무에는 흰빛이 드물고
섬돌 위 풀은 붉은빛이 짙다.
담장에는 나비가 팔랑팔랑 스치고
산새는 고즈넉이 울음 운다.
밤들어 비바람 심하게 불어와
초당에선 일찍 일어나길 게을리하네.

落花落如雪　　滿庭憐不掃
白稀窓外樹　　紅多階上草
紛紛過墻蝶　　寂寂啼山鳥
夜來多風雨　　草堂慵起早

이웃 사람에게 주다 贈人

성씨成氏

이웃집에 걸어가 서너 번 부르니
어린 종이 나와 주인 아니 계신다 하네.
지팡이 짚고 꽃 찾아 나선 길 아니라면
정녕 거문고 안고서 술친구를 찾아갔겠지.

步出隣家三四呼   小童來報主人無
若非杖策尋花去   定是携琴訪酒徒

　　　　　　　　　　　　　　　　—『내동시신』

이 시의 작자인 성씨와 그녀의 다른 시작들에 대해서는 많이 알려진 바 없다. 『대동시선』에서는 "인재仁齋 성희成熺[1]의 딸이요, 진사 최당崔瑭의 부인이다" 하였다. 이 시는 상춘賞春의 흥이 일어 이웃을 찾아갔더니, 그 역시 벌써 상춘을 나서고 집에 없었다는 내용이다. 규방에 갇힌 여인의 호젓한 춘흥이라기보다는 어쩐지 자유분방한 남자의 춘흥처럼 느껴지는 시이다.

1) 성희. 생몰년 미상. 조선 전기의 문신. 학식과 덕망으로 천거되어 한성부참군에 제수되었으며, 1450년 급제하여 승문원교리가 되었다. 『세종실록』 『문종실록』 편찬에 참여하였다. 1456년 사육신이 단종의 복위를 꾀하다 처형당할 때 연루되어 고문을 받고 김해로 귀양을 갔다가 3년 뒤 풀려나 공주 달전으로 돌아와 살다가 병이 들어 죽었다.

천층암에 올라 登千層菴

이매창

천 층 산 위에 천 년이나 된 절이 숨어 있어
상서로운 구름 사이로 돌길이 나 있구나.
환한 별빛 달빛 아래 맑은 풍경 소리 스러질 때
산이란 산마다 단풍 들어 가을 소리 요란하구나.

千層隱佇千年寺　　瑞氣祥雲石逕生
淸磬響沈星月白　　萬山楓葉鬧秋聲

—『매창집』

매창이 깊은 가을 천층암에 올라 쓴 시이다. 1990년 전라북도에서
발행한『사찰지』에 따르면, 천층암은 변산면 도청리 수전동에 있었던
절이라고 한다. 어둠 속에서 도리어 빛나는 별빛과 달빛, 온 산을 물들
인 단풍과 같은 시각 심상, 절간에 울리는 맑은 풍경 소리와 가을 낙엽
소리 같은 청각 심상이 돋보인다.

창암정蒼巖亭[1]

추향秋香

푸른 강 어귀로 노를 저어 가니
자던 새 사람에게 놀라 퍼덕 날아오르네.
붉은 산에는 가을 자취 남아 있건만
흰 모래톱에는 달빛 흔적이 없네.

移棹滄江口　　驚人宿鳥翻
山紅秋有迹　　沙白月無痕

—『대동시선』

---

[1] 창암정은 경상북도 안동시 풍천면 신성리에 있으며, 고려 후기의 문신 홍간(洪侃)이 머물던 정자로 널리 알려져 있다. 이 시의 창암정이 그곳인지는 확실하지 않다.

한 폭의 작은 풍경화 같은 시이다. 푸른 강, 붉은 산, 흰 모래톱과 같이 색채감각이 돋보일 뿐 아니라, 노 저어 가는 배와 날아오르는 새를 수평과 수직으로 대비하고, 산을 붉게 물들이는 가을 자취와 모래톱을 하얗게 밝히는 달빛을 유형과 무형으로 대비한 것도 묘미가 있다. 『대동시선』에 따르면 추향은 전라도 장성長城의 기생으로, 시와 거문고를 잘하였다 한다.

저무는 봄날, 언니 구정도인에게 바치다 暮春呈女兄鷗亭道人

죽향竹香

웅어잡이 철에 누에 치기 좋은 날씨라
원근의 봄 산이 모두 안개가 낀 듯.
병에서 일어나보니 어느새 봄은 이미 저물어
작은 창 앞 복사꽃이 모두 져버렸네.

鮰魚時節養蠶天　　遠近春山摠似烟
病起不知春已暮　　桃花落盡小窓前

—『대동시선』

꿈에 금강산을 유람하다 夢游金剛山

신부용당

내 금강산 보기를 소원했으나
한 번도 가보지 못하였더니,
꿈에 금강산을 유람해보니
푸른 바다가 정녕 하늘처럼 파랬지.
아득히 배 타고 떠나니
향긋한 바람이 비단 치마에 불어오고,
예쁜 꽃은 팔랑팔랑 나부끼는데
고운 새는 오르락내리락 날고 있었네.
산봉우리 위로 네 신선이 나타나
검은 머리카락 길게 드리웠지.
산 위에 올라 해돋이를 보니
햇빛은 부상에서 날고 있었네.
오르고 올라 청학대에 이르니
고요하여라, 사람 하나 보이지 않네.
갑자기 돌문이 크게 열리더니
날듯이 신선이 나타났네.
몸을 뒤척이다 꿈 깨어보니
동창엔 달이 이미 기울어 있고
찬 하늘엔 새벽 구름 걷혀가는데

푸른 강에서 노 젓는 소리 들려오네.

願我見金剛　　一見不可得

夢游金剛山　　蒼海正空綠

杳杳乘舟去　　香風吹羅衣

瑤花紛旎旎[1]　彩鳥高下飛

峰上有四仙[2]　綠髮長蒼蒼

登山見日出　　日光飛扶桑[3]

登登靑鶴臺[4]　寂寂不見人

石門忽大開　　飄飄見神仙

翻身夢覺省　　東窓月已傾

天寒曉雲收　　蒼江棹枻聲

―『산효가부용시선』

사대부 남성에게도 여행이 자유롭지 않던 시대였던 만큼, 여성에게
여행이란 일종의 환상이자 꿈이었다. 그리하여 종종 꿈속에서 선계仙界
에 올라 노는 것을 읊은 유선시遊仙詩나 꿈속에서 여행하는 내용을 담은
몽유시夢遊詩가 지어졌다.

　　이 시는 꿈속에서 금강산을 찾아간 것을 꿈꾸듯이 묘사해놓았는데,
시 속의 금강산은 곧 선계이다. 신부용당은 이러한 몽유 체험을 시로
씀으로써 자신의 일상과 현실에서 잠깐이나마 벗어날 수 있었으리라.

송악에서 옛날을 그리며 松嶽懷古

홍유한당

왕조의 기상 사라진 송악에
부질없이 봄기운만 넘치는데,
전 왕조의 사적 찾으려
석양 아래 이리저리 거니네.

松嶽[1]王氣殘　　空有春意長
欲問前朝事　　彷徨步夕陽

노래하고 춤추던 화려한 그곳
왕릉과 궁궐에 수풀만 우거졌네.
수심인 듯 구름은 옛 성을 휘감는데,
산꽃은 절로 피어 향기 피우네.

繁華歌舞地　　陵闕草樹荒
愁雲繞古城　　山花自生香

—『유한집』

---

1) 송악(松嶽)은 개성을 뜻한다.

송경 가는 길 松京道中

홍유한당

말을 몰아 남녘으로 가다가
저물녘 사립문을 향하네.
가랑비는 시골 마을 적시고
봄바람은 들판에서 날리네.

驅馬南路去　　薄暮向柴扉
踈雨村容1)合　　春風野外飛

새벽닭이 들창에서 울고
아침 해는 비단옷을 비춘다.
동생은 잠을 이기지 못하는데
언덕에 핀 꽃이 아직도 어른어른.

曉鷄鳴甕牖　　朝日映羅衣
阿弟不堪睡　　岸花尙依依

—『유한집』

---

1) 촌용(村容)은 마을의 모습을 뜻한다.

홍유한당은 아버지 홍인모의 부임지를 따라 수원과 연안, 평양 등을 구경할 수 있었다. 이 시들은 훗날 이때를 회상하여 지은 듯하다.

「송악에서 옛날을 그리며」는 제목 그대로 회고시懷古詩의 성격을 띠고 있다. 쇠망한 왕조의 도읍지에서 무상한 인간사와 대조되는 자연의 풍경을 보며 감상에 젖어든다. 반면 「송경 가는 길」은 여행 중에 보고 느끼는 일상의 풍경을 자연스럽게 그리고 있다. 봄비를 맞으며 길을 가다 해가 저물어 어느 시골집을 찾아가는 모습과, 하룻밤 유숙한 뒤의 이른 새벽 정경을 담았다. 여행에 지친 동생은 아직 잠에 푹 빠져 있는데 작자 혼자 일찍 일어나 어제 오던 길에 본 언덕 위의 꽃을 떠올리는 장면이 특히 인상적이다.

밤에 앉아 夜坐, 癸未

강정일당姜靜一堂

밤 깊어 모두 고요해지니
빈 뜰에 달빛만 새하얗다.
마음이 씻은 듯 맑아지니
환하게 성정이 드러난다.

夜久群動息　　庭空晧月明
方寸¹⁾淸如洗　豁然²⁾見性情

—『정일당유고靜一堂遺稿』

1) 방촌(方寸)은 마음을 말한다.
2) 활연(豁然)은 환하게 터진 모양, 환히 깨달은 모양을 말한다.

정원의 풀을 뽑으며 除庭草

강정일당

작은 호미로 무성한 잡초를 뽑는데
단비가 흙먼지를 씻어주네.
비록 염계 선생의 뜻에는 부끄럽지만,
산속 띳집에 옛 길이 열렸네.

小鋤理荒穢　　快雨灑塵埃
縱愧濂翁[1]意　山茅舊逕開

—『정일당유고』

---

1) 염옹(濂翁)은 중국 송나라 성리학자인 염계(濂溪) 주돈이(周敦頤)를 이른다.

가을 매미 소리를 들으며 聽秋蟬

강정일당

나무마다 가을 기운 맞이하여
해질녘 매미는 어지럽게 울어대네.
물성物性을 느껴 나지막이 시 읊으며
수풀 아래 홀로 서성이고 있네.

萬木迎秋氣　　蟬聲亂夕陽
沈吟感物性　　林下獨彷徨

—『정일당유고』

세 수 모두 『대동시선』에 선발되어 있다.

첫째 수는 1823년 강정일당이 52세 때 지은 것이다. 밤의 고요함과 편안함 속에서 밝은 달빛을 벗하며 홀로 마음을 가라앉히는 원숙한 경지를 보여주고 있다. 성정性情 같은 성리학 용어들을 자연스럽게 사용한 것이 주목된다.

둘째 수는 주염계의 고사를 가져다 썼다. 주돈이가 자신의 집에 잡초가 무성해도 뽑지 않자 사람들이 그 이유를 물으니 "내 뜻과 같은 것일세"라고 대답하였다 한다. 이는 끊임없이 생성하는 자연과 일체가 되려는 뜻을 드러낸 말이었다. 강정일당은 주돈이처럼 무성한 잡초를 그냥 두고 볼 수 없어 뽑으면서도 다른 한편으로 그 뜻을 헤아려본 것이다.

셋째 수는 가을날 매미 소리를 들으며 자연의 물성을 깨닫는다는 내용이다.

이와 같이 강정일당은 여느 여성 시인들과 달리 유독 성리학적 사유를 시에서 많이 보여준다. 성리학적 사유가 대단히 심오하다든가 독자적인 것은 아니지만, 여성 작가의 한시 전통에 비추어보면 그녀의 이러한 철리시哲理詩들은 대단히 독특하다.

한편, 그녀는 남편에게 많은 쪽지 편지를 쓴 것으로도 유명한데, 다음의 편지들은 위의 시편들과 함께 강정일당의 의식세계를 잘 보여준다.

꽃은 정원에 심는 것이 마땅하며 안뜰에 심는 것은 옳지 않습니다. 동쪽 바위와 월담月潭 사이에 옮겨 심는 것이 좋을 것 같습니다. 그리고 봉선화는 손톱에 물을 들이는 것인데, 저는 원래 그런 것을 좋아하지 않아 같이 옮겨 심었으면 하는데, 어떨까요?

저는 한낱 여자로 규방에 갇혀 있어 들은 것도 아는 것도 없지만, 오히려 바느질과 빨래, 청소를 하는 사이사이 옛 경전을 읽으며 그 이치를 탐구하고 실천하여, 옛사람이 닦았던 경지에 다가서려 하고 있습니다. 하물며 당신께서는 대장부로서 도에 뜻을 두고, 스승을 모시고 친구를 사귀면서 부지런히 나아가고 있으니, 어떤 배움인들 불가능하며, 어떤 강의인들 밝지 못하며, 어떤 실천인들 이루지 못할 바가 있겠습니까? 인의로 말미암고 중정中正을 세운다면 성인, 현인이 되는 것을 누가 막을 수 있겠습니까? 성현은 장부이고 나 역시 장부이니, 무엇이 두려워 성현이 될 수 없겠습니까? 당신께서는 반드시 날마다 덕을 새롭게 하여 반드시 성현이 될 수 있도록 하세요.

묘향산에 들어가 入妙香山

김운초

여윈 말 타고 벼랑 따라가다 다시 솔숲 뚫고 가서
작은 다리 서쪽 가에 찬 종소리 들으며 서 있네.
구름 노을 낀 골짜기에 절간이 열렸고
비단 숲 속에 푸른 봉우리가 우뚝 솟아 있네.
바스락바스락 낙엽 밟으며 스님은 돌아오고
해맑은 낯빛으로 기생은 가을꽃을 머리에 꽂았네.
첩첩 시내 산속에서 가는 길을 잃었으니
이번 걸음 도리어 신선의 발자취를 찾는 듯하네.

細馬緣崖復穿松　　小橋西畔立寒鍾
雲霞洞裏開香殿[1]　　錦繡叢中標碧峰
僧歸[2]落葉蕭蕭步　　妓挿秋花澹澹容
萬疊溪山迷去路　　玆行還似訪仙蹤

—『운초당시고』

---

1) 향전(香殿), 향실(香室), 향대(香臺)는 모두 불전(佛殿)을 이른다.
2) '歸'가 이가원 소장본 『부용집』에는 '從'으로 되어 있다.

현재 전하는 운초의 시들은 남편인 연천 김이양을 만나기 이전과 이후로 나누어볼 수 있다. 이 시는 운초가 성천에서 기녀로 있었을 때의 작품으로 보인다. 평안남도 성천은 평양, 진주와 더불어 기생으로 이름난 고을이었다.

이 시에서 운초는 묘향산을 찾았을 때의 감흥을 흥겹게 펼쳐 보이고 있다. 해맑은 낯빛으로 가을꽃을 머리에 꽂은 매혹적인 모습에서뿐 아니라, 산속에서 길을 잃고서도 신선의 자취를 찾는다며 여유를 보이는 모습에서 활달한 기녀 시절의 운초를 떠올려볼 수 있다.

설파의 시에 차운하다 次雪婆

김운초

이십 년 전 꿈속의 사람을
바닷가에서 만나보니 흰머리가 새롭구나.
이제부터 세모의 상심에도 무심하리니
한잔 술에 담소 나누다 오는 봄에 헤어지리.

二十年前夢裡人　　海天相對白頭新
從此無心傷歲暮　　·尊談笑別生春

흐르는 물은 무정해 다시 오지 않으니
봄바람 가을 달에 뉘와 술잔 나누리?
오늘 밤 평생의 뜻을 실컷 다 말하리라
우리 만남에 등불은 스러졌다 또 밝아지네.

流水無情不復來　　春風秋月與誰盃
今宵說盡平生志　　會事[1]燈火落又開

—『부용집』

---

1) 회사(會事)는 모임, 만남을 뜻한다.

설파雪婆는 운초가 기녀 시절 알고 지냈던 기생으로 보인다. 20년의 세월이 흐른 뒤 다시 만난 운초와 설파는 밤이 새도록 술과 담소를 나누며 세모를 보낸다. 또 이 밤이 지나면 언제 다시 만날지 기약할 수 없기에, 두 여인은 등불 심지를 돋워가며 긴긴 인생의 얘기를 나눈다.

마음을 풀다自寬

김운초

거울 속 여윈 모습, 속세 밖의 몸
매화 그림자, 대나무 정신.
사람을 만나도 세상사 말하지 않으니
문득 속세의 일없는 사람일세.

鏡裡癯容物外身　　寒梅影子竹情神
逢人不道人間事　　便是人間無事人

—『부용집』

운초가 자신의 삶을 너그럽게 풀어본 시이다. 거울에 비친 여윈 모습은 속세 밖의 사람인가 싶고, 자신의 마음과 정신은 매화와 대나무를 지향한다. 세상에서 사람들과 섞여 살아도 인간사를 말하지 않으니, 자기야말로 일없는 사람, 바로 물외인物外人인 것이다.

잇달아 금원의 편지를 받아보고 連見錦園書

박죽서

옛 친구 나를 위로하려 두세 번 편지를 보내니
한 줄 읽기도 전에 그대 뜻 넘쳐흐르네.
흐린 술도 오히려 좋아 즐거움을 취할 만하나
시든 꽃은 비록 있어도 쉽사리 스러진다네.
병든 후로 서로 소식 묻지 못했는데
어찌 사람 마음에 혼자 사는 걸 좋아할까?
여러 벗들 부지런히 안부 물으니 너무 부끄러워
속세를 떠나 살려던 계획 다시 멀어지네.

故人慰我再三書　　書不成行意有餘
薄酒[1]猶賢當取樂　　衰花雖在易歸虛
自從身病無相問　　豈是人情好獨居
慙愧諸君勤問訊　　離群絶俗計還疎

—『죽서집』

---

1) 박주(薄酒)는 맛없는 술, 거칠게 빚어 거른 술을 말한다.

금원의 기록에 따르면, 금원, 운초, 경산, 죽서 등은 1847년경부터 한강변 삼호정三湖亭에 모여 시사詩社를 열었다고 한다. 그 전부터 이미 운초와 그 친구들이 한강변 오강루五江樓와 일벽정一碧亭에서 모이며 이러한 시사가 싹트기 시작했는데, 서로 비슷한 처지의 여성들끼리 얘기하며 정을 나누다 뜻이 맞으면 친구가 되어 한가한 때에는 서로 찾고 시를 짓기도 하는 모임을 갖게 된 것이라 한다.[2]

틈만 나면 시를 읊으니 좋아서 시를 서로 주고받는 사람이 넷이다. 그 중 한 사람이 운초이니 성천 사람이고 연천 김이양의 소실이다. 빛나는 재주는 월등히 뛰어나서 시로 크게 이름을 떨쳤는데 늘 찾아와서 며칠씩 머물기도 하였다. (…) 서로 따르고 더불어 노닐어서 비단같이 아름다운 시가 책상에 가득하고 구슬 같은 명구名句가 땅에 가득하다. 때로 소리 내어 읽으니 쟁그랑거리는 소리 마치 쇠와 옥이 부딪쳐 나는 듯하고 사계절의 풍월이 혼자 한가하도록 버려두지 않았고 강가의 꽃과 새는 또한 우리의 수심을 풀어줄 만하다.(『호동서락기湖東西洛記』 중에서)[3]

이런 모임이 자주 열렸기 때문인지 「증별금원贈別錦園」 「증별죽군고우贈別竹君故友」 「추일기금원秋日寄錦園」 등과 같이 서로 주고받은 시가 많이 남아 있다. 금원은 죽서를 두고서, "모를 일이다. 다음 세상에는 나와 죽서가 함께 남자로 태어나 혹은 형제가, 혹은 친구가 되어 서로 시를 주고받으며 책상을 함께하게 될지"라고도 하였으니, 두 사람의 우정을 능히 짐작할 만하다.

2) 김여주, 『조선후기 여성문학의 재조명』, 성신여자대학교출판부, 2004, 72~93쪽.
3) 김지용·김미란, 『운초의 시와 문학세계』, 삼정회, 1996, 426~427쪽에서 재인용.

바다를 바라보다 觀海[1]

김금원 金錦園

모든 물 동쪽으로 흘러드니
깊고 넓어 아득히 끝이 없구나.
이제야 알았노라. 하늘과 땅이 커도
내 가슴속에 담을 수 있음을.

百川東滙盡　　深廣渺無窮
方知天地人　　容得　胸中

—『호동서락기』

---

1) 『대동시선』의 제목을 따랐다.

『호동서락기』에 따르면, 금원은 제천 의림지부터 시작해 금강산과 관동팔경을 유람했지만 미련이 남아 설악산까지 구경하고 나서야 비로소 서울로 들어가 도읍지의 화려함을 보았다고 한다. 남자 옷을 입고 하늘을 날 것 같은 기분으로 집을 나선 금원은 넓은 세상을 두루 보았다. 천하의 장관 금강산과 멀리 펼쳐진 동해를 바라보면서 금원은 이제 하늘과 땅이 아무리 크다 해도 자기 안에 담을 수 있다고 말한다. 금원은 이 여행을 통해서 자아가 세계를 끌어안을 정도로 확장되는 경험을 하였던 것이다. 설악산을 거쳐 서울로 간 금원은 "시골에서 성장하여 스스로 안목이 좁은 것을 웃으며 성안을 두루 살펴보니 비로소 가슴이 탁 트이는 것을 느낀다" 하였다. 이처럼 금원에게 여행은 단순한 유람 이상이었다.

즉사 卽事[1]

강지재당 姜只在堂

어린아이 잠자리를 쫓는데
잠자리 꼬리 나풀나풀.
잠시 보니 주렴 고리에 붙더니
어느새 복사꽃 가지에 붙어 있네.
살금살금 복사꽃을 향하니
푸른 못 마름에 옮겨 붙네.
맨다리로 공연히 고생만 하더니
놀라 저 멀리 날아가네.

稚子追蜻蜓　　蜻蜓尾裊裊
俄看粘簾鉤　　移粘桃花杪
潛步向桃花　　粘萍在碧沼
赤脚空辛苦　　驚飛去渺渺

—『지재당고只在堂稿』

1) 즉사(卽事)는 그 자리에서 듣고 본, 또는 가슴에 떠오른 일을 뜻한다. 또 그 일을 제목으로 하여
시를 짓는다는 뜻이다.

이 시는 어린아이가 잠자리를 잡으려다 놓치는 모습을 가만히 좇는 작자의 눈길이 매우 섬세한 작품이다. 나풀거리며 날아가 주렴 고리에 붙었다 복사꽃으로, 연못의 마름으로 옮겨 붙는 잠자리의 모습과 함께, 그런 잠자리를 살금살금 뒤쫓다가 결국 놓치고 마는 아이의 모습이 정적이면서도 동적으로 묘사되어 있다. 강지재당의 시재詩才를 한눈에 보게 하는 작품이다.

금릉잡시金陵¹⁾雜詩

강지재당

불암²⁾의 가을 물 어량³⁾에 빠지면
술 익은 집마다 누런 게장을 쪼개네.
상인들 달 밝자 나란히 노에 기대니
조수 소리 동으로 산산창으로 달리네.

佛菴秋水落漁梁　　酒熟家家劈蟹黃
佔客月明齊倚棹　　潮聲東走蒜山倉⁴⁾

진남문⁵⁾ 밖에는 일찍 서늘함이 일고
성곽 가득 비린 바람에 비 언뜻 개네.
한 자 농어와 석 자 잉어
장대에 반쯤 해 걸리니 생선 파는 소리.

鎭南門外早凉生　　滿郭腥風雨乍晴

---

1) 금릉(金陵)은 김해의 미칭이다.
2) 불암진(佛巖津). 김해읍 40리에 위치하였다.
3) 한 곳으로만 흐르도록 물길을 막은 뒤에 그곳에 통발을 놓아 고기를 잡는 장치이다.
4) 산산창(蒜山倉)은 소금 창고다. 영조 21년(1745) 산산창을 설치하여 명지도에서 만든 소금을
봄가을로 쌀로 바꾸어 들였다 한다.
5) 진남문(鎭南門)은 김해 읍성의 주문인 남문을 이른다.

一尺鱗魚三尺鯉　　半竿紅日賣魚聲

목면꽃 핀 곁에 순채 핀 연못
중년 부인 앞에 가고 젊은 부인 뒤따르네.
골짜기에는 밤새도록 물레 소리 삐걱삐걱
내일 아침 남쪽 시장에서 새 실을 팔겠다고.

木棉花發傍蓴池　　中婦前行少婦隨
畲谷輕車終夜響　　明朝南市賣新絲

해창 삼월에 쌀 실은 배 내려가니
연지 찍은 여인이 주막에서 술을 거르네.
고래 같은 파도에 무사하길 빌며
배 가득 퉁소 북 울리며 선왕^{船王}에게 굿하네.

海倉三月下漕航⁶⁾　　紅粉當壚綠醞香
鰐浪鯨濤無恙願　　滿船簫鼓賽船王

한식날 앞산에는 풀이 흐드러져
사람들 너도나도 무덤에 오르네.
나는 여기서조차 울어줄 곳 없으나
남 따라 마찬가지로 슬퍼 눈물 흘리네.

南山寒食草離離　　士女紛紛上塚時

---

6) 조항(漕航)은 조운선(漕運船)으로, 남부 지방의 세곡을 실어 나르는 배를 말한다.

儂向此中無哭處　　隨人有淚一般悲

영운동 마을엔 모두가 나무하는 집
쩡쩡 나무 베는 소리에 해가 벌써 기우네.
십 리에 땔감 팔고 달밤에 돌아오니
분산 꼭대기에 높은 노래 울려 퍼지네.

靈云洞裏盡樵家　　伐木丁丁日已斜
十里賣薪歸夜月　　盆山[7]頂上放高歌

—『지재당고』

---

7) 분산(盆山)은 김해 동상동과 어방동의 경계에 위치한 산이다. 현재 분산성이 남아 있다.

「금릉잡시」는 김해의 경관과 풍속을 읊은 기속시^{紀俗詩}인데, 서른네 수 가운데 여섯 수를 골라보았다. 여성 한시 작가 가운데 자신이 사는 고장을 소재로 이처럼 기속시 연작을 풍성하게 남긴 예를 찾기 어렵 다. 시에서 보듯 강지재당은 김해 지역 여기저기를 대상으로 그곳에서 살아가는 사람들의 구체적인 모습을 간결하면서도 선명하게 형상화해 냈다.

새로 지은 시에 누가 화답할 수 있을까?
꽃밭의 봄새들이 모두 어여삐 지저귀네

겨울밤 책을 읽으며 冬夜讀書

서영수합

맑고 맑은 거문고 소리 휘돌고
검푸른 칼 기운 아득한데,
한밤중 눈 속에 매화 가지 비껴 있고
달빛은 책상 위 책을 가만히 비추네.
여린 불로 느긋이 차를 끓이고
술 데우자 은근한 향 넘치네.
흐린 등불이 설린 오래된 벽으로
반짝반짝 새벽빛이 서서히 찾아든다.

淸切琴聲轉　　蒼茫劍氣虛
梅橫三夜¹⁾雪　　月照一牀書
細火烹茶緩　　微香煖酒餘
疎燈掛古壁　　耿耿曉光徐

—『영수합고』

---

1) 삼야(三夜)는 '삼경의 밤'으로도, '사흘 밤'으로도 읽을 수 있다.

이 시는 겨울밤 늦도록 조용히 책을 읽는 정경을 읊었다. 거문고 소리, 검기劍氣, 매화, 책, 차 등 지은이가 여성이란 것을 모르고 읽으면 전형적인 사대부의 정서를 느낄 수 있는 이미지들로 이루어진 시이다.

산속 집山家

강정일당

산속 군자의 집에서
밝은 창 마주하여 글을 읽는데,
길손이 먼 곳에서 이르자
늙은 개 사립문에서 짖어대네.

山中君子宅　　讀書對明牕
有客從遠至　　柴門吠老尨

—『정일당유고』

탄원 坦園

강정일당

탄원은 그윽하고 고요하여
지극한 이의 집에 꼭 맞지.
홀로 천고의 서적을 살피며
작은 집에 높이 누웠네.

坦園幽且靜　　端合至人[1]居
獨探千古籍　　高臥數椽廬

—『정일당유고』

---

1) 지인(至人)은 도가에서 범속을 초탈한 사람, 곧 무아의 경지에 도달한 사람을 이른다. 또 사상과 도덕 수양이 가장 높은 사람을 이르기도 한다. 여기서는 후자의 뜻으로 썼다.

앞의 시에서 산속 집이란 탄재坦齋를 가리키는 듯하다. 뒤의 시는 1824년의 작품으로, 그윽하고 고요한 집 탄원에서 홀로 천고의 서적을 탐구하는 즐거움을 노래하였다. 집 이름 탄원, 탄재에 쓰인 '탄坦'의 의미는 『주역周易, 이履』 "밟아가는 길이 넓고 평탄하니, 욕심 없고 차분한 사람이어야 정조를 지키고 길하다履道坦坦, 幽人貞吉"에서 취한 것으로 보인다. 강정일당은 이 집에서 책을 읽으며 자족한 생활을 해나갔을 뿐 아니라, 남편 윤광연尹光演이 학문과 덕성 수양에 전념할 수 있는 환경을 만들어주었다. 윤광연은 제문에서 아내를 다음과 같이 회상하고 있다.

아! 가슴이 아픕니다. 나는 일찍이 "부인이 남편을 섬기는 데 사랑하기는 쉽지만 공경하기는 어렵고, 순종하는 자는 많지만 경계하는 자는 적다"고 했습니다. 그런데 당신만은 나에 대하여 남이 하기 어려운 공경을 행하고, 남이 잘 못하는 경계를 하였습니다. 나에게 한 가지 좋은 점이 있는 걸 보면 한껏 기뻐할 뿐만 아니라, 또 더욱 힘쓰기를 권하고, 나에게 허물이 있으면 한갓 걱정할 뿐만 아니라, 또 책망을 하여, 반드시 나로 하여금 중정中正한 땅에 서서 천지간에 허물이 없는 사람이 되게 하였습니다.

—「제망실유인강씨문祭亡室孺人姜氏文」 중에서

운초당에서 雲楚堂二首

김운초

문득 내 몸이 본래 비천하단 것 알고서
숨어 지내노라니 만족스럽지 않은 곳 없네.
한차례 불어온 서늘한 바람에 매미는 일찍 울고
삼경에 내린 맑은 이슬에 실버들가지 늘어졌네.
침상의 달은 다정하게 와서 동무해주는데
처마 위 구름은 무슨 일로 더디 가는가?
이원은 전생의 꿈같이 이미 멀어져
이따금 한가한 밤이면 옛 시를 읊조리네.

便覺吾身本鄙卑　　幽居無處不相宜
凉颸一陣蟬聲早　　淸露三更柳縷垂
床月多情來伴住　　簷雲何事去依遲
梨園[1]已隔前塵夢　　時向閑宵誦古詩

—『운초당시고』

---

1) 이원(梨園)은 기방을 이른다.

두 수 중 첫째 수다. 운초가 조용히 자신의 삶을 관조하고 있는 시이다. 한때는 비천한 기생으로 살았지만, 이제는 한가롭고 느긋하게 시를 읊으며 살고 있다 하였다. 아마도 운초가 김이양의 소실이 된 후 시인으로 살 수 있게 된 것에 만족감을 표출한 시인 듯하다.

도운각에서 부질없이 읊다 道雲閣謾詠

남정일헌

속세 떠나 한가로이 살 곳은 어디인가?
도고산 봉우리 아래 흰 구름이 깊은 곳.
문 앞 책상 너머 너른 들판이 펼쳐져 있고
집 둘레 푸른 숲은 울타리를 이루었네.
속세를 벗어남은 삼공과도 바꾸지 않으니[1]
산골짝에서 신선처럼 사는 것만 한 게 없지.
새로 지은 시에 누가 화답할 수 있을까?
꽃밭의 봄새들이 모두 어여삐 지저귀네.

物外閑居何處尋　　道高[2]峰下白雲深
門前對案開平野　　宅畔成籬繞碧林
不換三公遺世累　　莫如一壑有仙心
新詩吟罷誰能和　　花院春禽摠好音

—『정일헌시집』

---

1) 재야에서 여유롭게 사는 즐거움을 삼정승의 높은 벼슬과도 바꾸지 않겠다는 뜻이다.
2) 도고산(道高山)은 충청도 신창현(현재의 아산시 신창면)에 있는 산이다.

정일헌은 도고산 아래 살아 도운각을 집 이름으로 삼았다 한다. 그녀는 이 시 외에도 「도운각 즉사 道雲閣卽事」「도운각 한음 道雲閣閒吟」과 같은 시작를 통해 도운각에서의 한가한 생활을 즐겨 읊었다. "서녘 하늘에 달이 걸리니 달빛이 방에 들고, 벗들이 자리에 가득해 기쁘게 만난다 月掛西天光入室, 高朋滿座喜相逢"(「도운각 즉사」)와 같은 구절에서 보듯 정일헌은 도운각에서 멋진 벗들과 함께 어울리기도 하고, 이 시에서와 같이 속세를 떠나 조용히 지내며 신선 같은 삶을 즐기기도 했음을 알 수 있다.

가을 경치 秋景

남정일헌

가을이라 어찌 슬픈 마음뿐이랴?
비단같이 영롱한 숲 눈에 가득하네.
세 갈래 길 국화 향이 술잔 위에 떠 있고
수천 그루 단풍잎 저녁 그늘 만들었네.
누런 곡식은 온 들에 황금 물결을 이루고
정자 둘레 푸른 냇물은 옥구슬 소리를 쏟아내네.
서남풍이 불어와서 나뭇가지 울릴 때
외로운 등불 아래 책 읽기 마치니 날이 새었네.

逢秋何必有悲心　　滿眼玲瓏錦繡林
三逕[1]菊華香泛酒　　千章楓葉晚成陰
黃雲遍野堆金色　　碧澗環亭漱玉音
風自西南聲在樹　　孤燈讀罷五更深

―『정일헌시집』

---

1) 삼경(三逕, 三徑)은 귀은(歸隱)한 사람의 집 정원을 이른다. 도연명의 「귀거래사歸去來辭」에
"(소나무와 대나무와 국화를 심은) 세 오솔길이 황폐해졌어도, 소나무와 대나무는 여전히 남아
있네(三徑就荒, 松竹猶存)"라는 구절이 보인다.

이 시는「산정의 사계절山亭四時. 用一韻. 四首」중 가을에 해당하는 작품으로, 풍요롭고 넉넉한 가을 풍경 속에 독서의 즐거움을 노래하였다.「행로난行路難」이란 시에서 "이르는 곳마다 위태로운 촉산 길, 언제나 뒤집히는 무협의 파도傾危到處蜀山路. 飜覆常時巫峽濤"라 하였듯이, 정일헌의 인생은 결코 순탄치 않았다. 그러나 그녀는 담담하고 느긋한 삶의 태도로 독서와 시작에 힘씀으로써 자신의 삶을 풍요롭게 가꿨던 듯하다.

사월에四月偶成一絶

김청한당金淸閑堂

맑은 바람 저녁 숲에 불어오고
산 그림자는 들창을 비추는데,
종일토록 누구와 상대하는가?
마음과 정신은 책 가운데 있네.

清風生夕樹　　山影上簾櫳[1]
永日誰相對　　心神在卷中

—『청한당산고淸閑堂散稿』

---

1) 염롱(簾櫳, 簾籠)은 창의 주렴과 창문이다. 창문의 주렴을 범칭하는 말이기도 하다.

여름날 더위를 식히며 夏日納凉

김청한당

홰나무 그늘 아래 열 묘의 땅이 서늘한데
채소 꽃은 바람결에 주렴 가득 향기를 보내네.
작은 방에는 속세의 더위 들지도 않으니
책 읽는 재미 속에 여름날이 길다.

槐樹陰生十畝凉　　菜花風送一簾香
小堂不受人間暑　　可愛書中夏日長

—『청한당산고』

십일월의 밤 十一月夜

김청한당

겨울밤 둥근 달이
눈부시게 앞 숲을 비추네.
등불 아래 책을 보고 있자니
내 심사도 밤과 더불어 깊어간다.

一輪冬夜月　　皎皎度前林
燈下看書史[1]　心思與夜深

—『청한당산고』

---

1) 서사(書史)는 경사(經史)류의 전적을 지칭한다.

이근원李根源이 쓴 행장에 따르면, 청한당은 글을 배웠으면서도 "여자가 아무리 경사經史에 밝아도, 부도婦道에 어두우면 장차 남자도 못 되고 여자도 못 될 것이니, 어디에 쓰랴?" 하면서 평생 집안일을 아랫사람들에게 맡기지 않았다고 한다. 그러면서도 틈틈이 문장을 익혔는데, 역대의 문장을 평하는 솜씨도 보통을 넘어섰다고 한다.「주식론酒食論」「무의설無儀說」「제가론齊家論」「어하문御下文」「반첩여설班婕妤說」「제영찬緹縈贊」「여교훈서女教訓書」 등의 글을 지었다고 하나 현재 전하지 않고, 다만「성가설成家說」과「용재론用財論」두 편이 문집에 전한다.

앞에서 차례로 든 세 편의 시는 모두 책 읽기를 좋아했다는 청한당의 생활을 엿보게 하는 작품이다. 첫째 작품에서는 맑은 봄날 종일 아무도 대하지 않고 오직 독서에만 열중하는 모습을, 둘째 작품에서는 여름날 홰나무 그늘 아래 작은 방에서 더위도 잊고 책 읽기에 푹 빠져 있는 모습을, 셋째 작품에서는 깊어가는 겨울밤 달빛과 등불빛 아래 꼼짝 않고 홀로 앉아 책을 읽는 모습을 그려볼 수 있다. 이처럼 청한당은 유달리 독서하는 자신의 모습을 시로 많이 남겼다.

늦봄 뒤뜰에 앉아서 晩春坐後庭一首

김청한당

흰 구름 막 피어올라 온갖 자태 짓고
휘늘어진 버드나무에는 저녁 햇살이 더디다.
처마 끝 살구꽃은 흰 눈처럼 환한데
꾀꼬리 소리 들으며 시를 짓는다.

白雲初起轉多姿　　楊柳垂垂日影遲
屋角¹⁾杏花明似雪　　鶯兒聲裏坐題詩

—『청한당산고』

─────────

1) 옥각(屋角)은 지붕 모서리, 지붕 위를 뜻한다.

이 시는 맑고 환한 늦봄의 풍경 묘사가 아름다울 뿐 아니라, 그러한 풍경 속에서 시를 짓는 청한당의 자태 역시 아름답게 드러난 작품이다. 뭉게뭉게 피어오르는 흰 구름, 파랗게 휘늘어진 버드나무, 붉은 노을, 하얗게 핀 살구꽃, 꾀꼬리 울음소리, 그리고 가만히 앉아 시를 짓는 자기 자신에 이르기까지 가 닿는 곳마다 시인의 눈길과 손길이 느긋하면서도 그윽하다.

용산 삼호정에서龍山三湖亭[1]

김금원

서호의 좋은 경치 이 누대에 모였으니
마음 내키는 대로 올라가서 즐겁게 노네.
양쪽 언덕 비단인 양 봄풀은 어우러졌고
강물은 금빛 옥빛으로 석양이 흐르네.
구름 드리운 좁은 길로 돛배 한 척 사라지는데
꽃 지는 한적한 낚시터에 먼 피리 소리 수심겹네.
끝없는 이 풍광을 몽땅 거두어들이니
단청 난간에는 시 주머니가 빛을 발하네.

西湖[2]形勝在斯樓　隨意登臨作遨遊[3]
兩岸綺羅春草合　一江金碧[4]夕陽流
雲垂短巷孤帆隱　花落閒磯遠笛愁
無限風烟[5]收拾盡　錦囊[6]生色畵欄頭

　　　　　　　　　　　　　　　　—『대동시선』

---

1)『대동시선』에 제목이 '용산 삼호정에서 운초, 경산, 죽서, 경춘과 함께 수창하다(龍山三湖亭,
與雲楚瓊山竹西瓊春酬唱)'로 되어 있다. 이를 줄여 제목으로 삼았다.
2) 한강의 서호(西湖). 서강이라고도 한다.
3) 오유(遨遊)는 유락(遊樂)을 말한다.
4) 금벽(金碧)은 금과 은, 여기서는 석양이 물들어 빛나는 강물 빛을 형용한다.
5) 풍연(風烟, 風煙)은 풍광, 경관을 말한다.

『호동서락기』에서 금원은 이 시 앞에 용산 삼호정의 풍광을 다음과 같이 묘사하였다.

꽃다운 풀은 깔개를 깔아놓은 듯하고, 온갖 꽃이 흐드러지게 피었는데, 누대가 강가 무성한 숲 가운데 우뚝 솟아 있다. 연잎이 못에 가득하고 돌샘이 섬돌을 둘렀는데, 앞에는 긴 강이 띠처럼 흐르고 뒤로는 푸른 언덕을 등지고 있다. 낚시터의 고기 잡는 사람 곁에는 갈매기가 졸고 있고, 한가롭게 피리 소리를 들으며 앉아 있으면 소를 거꾸로 탄 초동이 노래로 화답한다.

이처럼 삼호정은 한강의 서호에서 가장 경치가 좋은 곳 가운데 하나였다. 이곳에서 금원과 그 벗들이 자주 시회詩會를 열었는데, 이러한 모임으로 서호의 경치는 더욱 빛을 발하였다. 금원과 그 벗들이 자신들의 시회에 지녔던 자부심을 이 시에서 엿볼 수 있다.

6) 금낭(錦囊)은 시를 지어 넣어두는 비단 주머니를 일컫는다.

병에서 일어난 후 病後

박죽서

앓고 나니 어느새 살구꽃 피는 날도 저물어
마음은 흔들흔들 매지 않은 배와 같네.
일없어 다만 초목과 어울릴 뿐
그윽한 생활은 신선을 배우자는 게 아니네.
상자 속의 시구절 누가 화답해주랴?
거울 속의 파리한 얼굴 내 보기도 가엾구나.
스물세 해 동안 한 일이 무엇인가?
절반은 바느질로 절반은 시를 쓰며 보냈지.

病餘已度杏花天　　心似搖搖不繫船
無事只應同草木　　幽居不是學神仙
篋中短句誰相和　　鏡裏癯容却自憐
二十三年何所業　　半消針線半詩篇

—『죽서집』

제6부 ◉

고달픈 인생살이, 안과 밖

다음 생에는 기생 딸 되지 말고
좋은 가문에 멋진 남자로 태어나렴

가난한 여인의 노래 貧女吟三首

허난설헌

어찌 얼굴이 남만 못하겠어요?
바느질도 길쌈도 잘한답니다.
어려서부터 가난한 집에서 자라
좋은 중매가 알아주질 않더군요.

豈是乏容色　　工鍼復工織
少小長寒門[1]　　良媒[2]不相識

밤 깊도록 쉬지 않고 베를 짜니
찰칵찰칵 베틀 소리 차갑기도 하지요.
베틀에 감긴 한 필의 명주로
마침내 누구의 옷을 짓게 될까요?

夜久織未休　　戞戞[3]鳴寒機
機中一匹練　　終作阿誰衣

---

1) 한문(寒門)은 한미한 집안, 빈한한 집을 말한다. 자기 집의 겸칭으로도 쓰인다.
2) 양매(良媒)는 좋은 중매인을 말한다. 『시경詩經, 위풍衛風, 맹氓』에 "내가 약속을 어긴 것이 아니라, 그대에게 좋은 중매가 없어서이지(匪我愆期, 子無良媒)"라는 구절이 보인다.
3) 알알(戞戞)은 베 짜는 소리를 나타내는 말. 『대동시선』에는 '軋軋'로 되어 있다.

쇠 가위 잡은 손
추운 밤이라 열 손가락 뻣뻣해지네.
남을 위해 혼수 옷 지으면서도
해마다 도리어 홀로 자고 있어요.

手把金剪刀　　夜寒十指直
爲人作嫁衣　　年年還獨宿

—『난설헌집』

이 작품은 난설헌이 가난한 여인을 대신해 그녀의 고달픈 삶을 노래한 악부시樂府詩이다.[4] 이 시의 가난한 여인은 밤이 깊도록 비단을 짜도 제 몸에는 한 조각도 걸칠 수 없는 처지이고, 추운 겨울밤 언 손을 비비며 다른 여인의 혼수 옷을 만들어도 정작 자신은 시집도 못 가는 신세이다. 다분히 상투적이고 극적인 상황 설정으로 볼 수도 있지만, 가난한 여인의 심리와 육체의 고통이 섬세하게 그려져 있어 사실적인 느낌을 주기도 한다.

---

4) 이 시가 만당(晚唐)의 시인 진도옥(秦韜玉)의 「빈녀貧女」를 원천으로 한다는 지적이 있었다. 진도옥의 시는 다음과 같다. "가난한 집에 태어나 비단옷 향기 모르는데,/좋은 매파에게 부탁해보았자 더욱 마음만 상한다./누가 풍류의 높은 격조 사랑하여,/시류의 검소한 장속을 함께 어여삐 여길까?/감히 열 손가락 바느질 잘함을 자랑하고,/두 눈썹 어지러이 그림을 자랑하지 않는다./괴롭고 한스럽기는 해마다 바느질하여/남들 시집가는 옷 만드는 것이라오(蓬門未識綺羅香. 擬托良媒益自傷. 誰愛風流高格調, 共憐時世儉梳妝. 敢將十指夸針巧, 不把雙眉鬪畫長. 苦恨年年壓金線, 爲他人作嫁衣裳)." 이혜순 외, 『한국고전여성작가연구』, 태학사, 1999, 54쪽 참조.

가을밤의 회포 秋夜書懷

울산 이씨

밤 깊어 밝은 달빛 빈 뜰에 가득한데
우수수 나뭇잎 지는 소리에 문을 닫네.
꺼져가는 등불 따라 애간장이 끊어질 듯
누가 알리 세상에서 죽지 못한 내 사정을.

夜深明月滿空庭　　門掩蕭蕭落葉聲
殘燈欲盡腸隨斷　　誰識人間未死情

―『우진宇珍』[1]

---

1) 『우진』은 은진 송씨 소대헌(小大軒) 종가에서 소장하고 있는 필사본 시집으로, 김성달(金誠達) 집안 여성들의 한시를 수록하고 있다. 울산 이씨의 두 편의 시와 『우진』에 대해서는 구지현, 「시선 집 『우진』과 김성달 집안의 여성문학적 전통」(열상고전연구회 편, 『호연재 김씨의 생애와 문학』, 보고사, 2005) 참조.

자신을 애도하다自悼

울산 이씨

망망한 천지에 외로운 이 한 몸
사별 뒤 해 갈수록 꿈속 만남조차 드무네.
창가 베개에 기대 피눈물 다한 채
의식은 촛불처럼 부질없이 희미해지네.
삶과 죽음 갈라진 뒤 이렇게 오래간다면
백골과 외로운 혼 어디에 의지할까나?
오직 바라네, 긴 바람 만 리에 불어와
이 몸 양산 아래로 돌아가게 해주었으면.

天地茫茫一身孤　　死別年深夢見稀
窓間倚枕血淚盡　　魂氣燭影空依微
生前死後長如此　　白骨孤魂何處依
惟願長風萬里吹　　送我楊山¹⁾山下歸

—『우진』

---

1) 김성달의 무덤이 양주 청송리에 있었다. 양산(楊山)은 김성달의 무덤이 있는 양주 청송리의
산을 이른다.

『대동시선』에서는 울산 이씨의 한시 몇 편을 수록하였는데, 작자 소개에 "김성달의 소실. 백여 자의 글자를 알 뿐 시를 짓지 못했다. 남편이 죽자 남편의 시고詩稿를 안고 사흘을 통곡하고 나서 갑자기 깨우친 것처럼 당시唐詩 수백 수를 외웠고, 비로소 시를 지었는데, 뛰어난 구절이 많다"라고 하였다.

두 시 모두 울산 이씨가 남편 김성달을 여읜 뒤 애통한 심정과 팍팍한 인생살이를 하소연한 작품이다. 남편을 따라 죽고만 싶은 것이 그녀의 심정이었지만, 어린 자식들 때문에 차마 죽지 못하고 살아야 하는 것이 또 그녀의 현실이었다.

한편, 『시가점등詩家點燈』에서는 끝없이 밀려드는 근심을 읊은 「시름愁」을 소개하고 있다.

시름과 시름이 이어져
마음은 괴로워 펴지지 않네.
울적하여 끝날 때가 없으니
어디서 오는 것인지 모르겠네.

愁與愁相接　　襟懷苦未開
黯黯無時盡　　不知何處來

둘째 오라버니께 편지를 보내어 쌀을 꾸다
간등시휘시윤걸미 簡仲氏諱時潤乞米
듕시긔 편지ᄒᆞ여 쑬을 비다

김호연재

해가 비단 창에 뜨면 문득 다시 걱정이 되니
빈손으로 배 부르기 구하나 계책이 없어요.
두 분 오라버니께서는 배 위의 쌀을 아끼지 말고
보내주시어 이 누이의 구복 걱정 풀어주세요.

일출사창첩부우(日出紗窓輒復憂)

희 사창의 나ᄆᆞ 믄득 다시 ᄀᆞ심ᄒᆞ니

공권구포계무유(空拳求飽計無由)

주먹으로 ᄇᆡ 브르기롤 구ᄒᆞ니 계괴 업도다

냥형막셕션두미(兩兄莫惜船頭米)

두 형은 ᄇᆡ 우희 쑬을 앗기디 말아

송ᄒᆡ미ᄋᆞ위복수(送解妹兒爲腹愁)

보내여 미ᄋᆞ의 ᄇᆡ롤 위ᄒᆞ 근심을 프ᄅᆞ소셔

—『증조고시고』

김호연재는 집안 살림이 가난하였는지 이 시에서 보듯 쌀을 꾸는 모습을 여러 시에서 보여주고 있다. 쌀은 주로 벼슬 나간 오빠들에게 빌렸는데, 이 시는 둘째 오빠 시윤時潤에게 보낸 것이다. 이따금 시아주버니 송요경宋堯卿에게 편지를 보내 하소연하기도 했다. 25세 되던 1705년 그녀가 제천 현감으로 있던 송요경에게 보낸 친필 편지에서는 "아뢰기 몹시 어렵지만 장이 떨어져 절박하오니 콩 서너 말만 얻어서 장이나 담가 먹고자 하되, 아뢰기 두렵습니다"라 하기도 하였다.

삼산 고을 원님에게 쌀을 꾸노라
결미삼산슈乞米三山[1]守
뿔을 삼산 원의게 비노라

김호연재

호연당 위의 호연한 기상
산수간 사립문에서 호연함을 즐기지요.
비록 호연함이 즐겁긴 하나 곡식에서 생기니
삼산 원님께 쌀을 꾸는 것도 호연함이지요.

호연당샹호연긔(浩然堂上浩然氣)
호연당 우희 호연훈 긔운이
운슈싀문낙호연(雲水[2]柴門樂浩然)
운슈 싀문의 호연을 즐긔는도다
호연슈낙싱어곡(浩然雖樂生於穀)
호연이 비록 즐거오나 곡식의셔 나누니
걸미삼산역호연(乞米三山亦浩然)
뿔 삼산의 빌미 또훈 호연호미로다

—『증조고시고』

---

1) 삼산(三山)은 충청도 보은이다.
2) 운수(雲水)는 운수향(雲水鄉)으로, 구름과 물이 질펀한. 풍경이 맑고 그윽한 곳이다. 흔히 은자가 거처하는 곳을 이른다.

이 시는 호연재가 삼산 고을 원님에게 쌀을 꾸는 내용을 담고 있다. 쌀을 꿔야 할 만큼의 생활고를 겪으면서도 여유와 웃음을 잃지 않는 느긋한 호연재의 성품을 엿볼 수 있다. 얼핏 말장난에 가깝게 읽히기도 하는 시이다. 쌀을 꾸면서 '호연'이라는 말을 다섯 번이나 반복한 것도 재미있지만, '호연'은 '호연하다'라는 서술어로 읽을 수도 있고, '호연재' 자신을 가리키는 말로 읽을 수도 있다. 또한 "호연당 위의 호연한 기상, 구름과 물의 사립문 즐거운 호연재. 호연재가 즐겁긴 해도 곡식으로 사니, 삼산의 원님께 쌀을 꾸는 것도 호연재"라고도 읽을 수 있다.[3] 궁핍한 처지에서도 활달한 기상과 유머 감각을 잃지 않는 호연재의 사람됨이 엿보이는 시이다.

3) 박무영 외, 『조선의 여성들, 부자유한 시대에 너무나 비범했던』, 돌베개, 2004, 160~161쪽.

농가의 즐거움 田家樂

신부용당

계집종은 아침부터 저자 다녀오고
일꾼은 땔감을 지고 돌아오네.
서남쪽 밭엔 뽕나무를 심어
나 또한 누에 길러 실을 뽑는다.

小婢朝爲市　　一力負薪歸
西南種桑樹　　吾亦養蠶絲

　　　　　　　　　　─『산효각부용시선』

돈을 구하러 가는 남편에게 甲子三月二十六日…

김삼의당

장례 빚이 산처럼 쌓일 줄 누가 알았으리요?
울면서 동남쪽 영남 땅을 찾아 나서네.
온 살림 다 털어도 못 갚을 빚을
한 푼인들 어찌 내 몸 위해 구할까보냐?
지성이면 길에서 선녀를 만날 것이고
의리라면 필시 뜻밖의 부조를 얻겠지요.
떠나시는 낭군께 드리는 한마디 말
"아아! 당신 같은 효성은 세상에 또 없지요."

誰知喪債積如丘　　泣向東南嶺海陬
百橐元難傾産報　　寸金豈欲爲身求
誠應路上逢天女　　義必丹陽有麥舟[1]
我以一言行且贈　　嗟哉至孝世無儔

―『삼의당고』

1) 이 구절의 '丹陽有麥舟'는 송(宋) 범요부(范堯夫)가 단양 땅에서 보리를 실은 배를 옛 친구인 석만경(石曼卿)에게 부조한 고사를 취한 것이다. 때문에 맥주(麥舟)는 대개 상사(喪事)에 부조하는 것을 이른다.

이 시의 원제목에는 다음과 같이 시작의 배경이 부연되어 있다. "갑자년[1804] 3월 26일에 갑자기 시아버지의 상을 당했으나 집이 가난하여 장례 치를 돈이 없었다. 남의 돈을 빚내어 상례와 장례의 예를 마쳤다. 기일이 지나도 그 돈을 갚지 못하여 남편이 빚을 얻으려고 집을 떠나는데 이 시를 써서 전송했다[甲子三月二十六日, 奄遭尊舅之喪, 家貧無由盡初終之節, 貸人錢以畢喪葬之禮, 過期未報, 夫子欲辨債資, 出外送之以詩]."

시아버지의 장례를 빚을 내어 치를 수밖에 없고, 빚을 갚기 위해 가장이 직접 돈을 벌러 나서는 조선 후기 향촌 사족의 궁핍한 생활상을 엿볼 수 있는 작품이다. 이 작품에 부기된 주석에 따르면, 작자의 남편은 가야산에서 인삼 몇십 뿌리를 얻어 대구 약 시장에 가서 팔고 돌아와 그 빚을 갚았다 한다.

농사짓는 노래農謳

김삼의당

한낮이 지나니 햇볕이 따가워
등짝에 흐른 땀 땅을 적시네.
긴 이랑에 빽빽한 잡초를 뽑노라니
며느리 시어머니 보리밥을 내오네.
국은 맛있어 숟가락질 바쁘고
밥을 떠서 마음껏 배를 불리네.
부른 배 두드리며 노래하니
배불리 먹자면 애써서 일해야 하는 법.

日已午日煮　　　我背汗滴土
細討苴荑竟長畝　　少姑大姑饋麥黍
甘羹滑流匙[1]　　　矮粒任撑肚[2]
鼓腹行且歌　　　飽食在謹苦

대 울타리 동쪽 둔덕 새벽닭 우니
집에 있던 농부는 밭 갈러 가네.

---

1) 유시(流匙)는 음식물을 뜨는 식기, 곧 숟가락을 말한다.
2) 탱두(撑肚)는 탱장주두(撑腸拄肚)로, 배가 부르다는 뜻이다.

며느리는 물 길어 보리밥 짓고
시어머니 솥 씻어 아욱국을 끓이네.

竹籬東畔早鷄鳴　　在家農夫出畝耕
小姑汲水炊麥飯　　大姑洗鼎作葵羹

대 울타리 남쪽 둔덕 낮닭이 우니
아래 이랑 갈던 농부 위 이랑으로 가네.
짧은 치마 차림 부엌 계집종을 불러내어
참 광주리 이게 하고 풀밭 길 따라 보내네.

竹籬南畝午鷄鳴　　下畝農夫上畝耕
喚出短裳廚下婢　　戴筐遵彼草間程

지는 해 산 너머로 떨어질 때
농부는 호미를 씻을 수 있다네.
달이 지고 또 해가 뜨니
씻은 호미를 다시 잡네.

落日下山外　　農夫可洗鋤
月落復還出　　洗鋤還把鋤

—『삼의당고』

이 시의 원제목은 '남편이 산기슭에 밭 몇 이랑을 사서 열심히 농사를 지었다. 내가 농요 몇 편을 지어 노래 불렀다夫子於山陽買田數頃, 勤力稼穡. 妾作農謳數篇以歌之(八首)'이다. 제목에서 보듯 남편이 농사를 짓기 시작하면서부터, 삼의당 또한 농부의 아내로서 생활력이 강해질 수밖에 없었을 것이다.

농가의 하루를 아침, 점심, 저녁으로 나누어 여덟 수로 노래하였는데, 그중 몇 수를 골라보았다. 주목할 만한 것은 농가의 일을 아낙네 중심으로 읊고 있다는 점이다. 아침 일찍 일어나 보리밥을 짓고 아욱국을 끓이는 모습, 낮참을 준비해나가는 모습 등이 인상적이다. 경제적으로 어렵고 힘든 노동을 감내해야 하는 상황인데도, 삼의당은 넉넉하고 평온한 태도를 잃지 않고 있다.

강가의 신부를 슬퍼하는 노래 哀江上新婦詞

한영향당 韓影響堂

문노니, 강물 위의 배여

예부터 지금까지 얼마나 많은 신랑 신부 실어 날랐냐만,

일찍이 못들었네, 붉은 명정銘旌 앞세우고 흰 가마 뒤따르며

홍안의 신부에 백골의 신랑을 실었다는 일은

강 위의 배야, 더디 가지 마라.

듣자니, 십 년 청상과부로 고생고생 아들 하나 기른 어머니

가 있단다.

강 위의 배야, 더디 가지 마라.

어린 신랑의 혼령이 아직노 동상에 기대어 있난나.

계집종은 뱃머리에서 울며 이리 말하네.

"저기 강가 모래톱엔 원앙새가 있어요.

저기 강가 모래톱엔 원앙새가 있어요.

안개비 속에서 쌍쌍이 날아가고 날아와요,

산기슭으로 갔다가 물가로 왔다가."

問爾江上水水上船

古往今來載得幾個成親少年新嫁娘

從未聞丹旌[1]在前素較隨後

紅顏新婦白骨郎

江上船歸莫暹

聞有十年孀閨辛苦養孤兒之萱堂

江上船歸莫暹

小郞兒魂靈猶自倚東床[2]

侍婢船頭哭且語

彼洲渚有鴛鴦[3]

彼洲渚有鴛鴦

烟雨裏兩兩飛去飛來

山之北水之陽

―『대동시선』

---

1) 단정(丹旌)은 붉은 글자로 쓴 만장을 말한다.
2) 진(晉)나라 때 치감(郗鑒)이 왕도(王導)의 집안에서 사윗감을 고르려고 자신의 문생(門生)을
왕도의 집에 보냈더니, 다른 신랑감들은 모두 잘 보이려고 점잔을 빼고 몸가짐을 조심하였으나
왕희지(王羲之)만은 동상(東床)에서 배를 드러내고 태연히 누워 있었으므로 그를 사윗감으로 정
한 고사가 있다. 이후 동상은 사위의 별칭으로 쓰인다.
3) 이 구절은『시경詩經, 국풍國風, 주남周南』「관저關雎」의 "다정히 우는 저구새, 하수의 모래섬
에 있네. 음전한 숙녀는 군자의 좋은 짝이네(關關雎鳩, 在河之洲. 窈窕淑女, 君子好逑)"라는
구절을 연상케 한다.

한영향당은 중인 출신으로 추정되는 과부이다. 『대동시선』에는 "일찍이 과부가 되었다"라고만 되어 있다.

이 시는 영향당이 강가에서 목도, 또는 상상한 신부의 애달픈 사연을 읊은 것이다. 붉은 깃발 앞세우고 흰 가마를 타고 따르는 신부는, 혼례를 치르기도 전에 죽은 신랑의 혼을 쫓아 시댁으로 가는 길이다. 청상과부로 고아를 길러내 미처 혼인도 시키지 못하고 아들을 잃고 만 시어머니를 생각하면, 신부를 실은 배는 어서 가야만 하는 것이 현실이요, 이념이다. 하지만 어린 계집종이 울부짖듯, 그러한 현실과 이념은 인간의 자연스런 본능과는 너무나 거리가 멀다. 계집 종의 울부짖음은 바로 홍안 신부의 목소리이자 시인의 목소리이기도 한 것이다.

낙동강洛東江

박생 집 여종朴生婢

위엄은 서릿발 같고 신의는 산 같으니
안 가기도 어렵고 가기도 어렵구나.
머리 돌려 푸른 낙동강을 바라보니
이 몸 위태한 곳에서 이 마음 편안하리.

威如霜雪信如山　　不去爲難去亦難
回首洛東江水碧　　此身危處此心安

—『대동시선』

황윤석의 『이재난고』에도 이 시와 함께 사연이 전한다. 그에 따르면, 영남의 한 계집종이 시를 잘 짓고 얼굴도 예뻤는데 남편이 국경을 지키러 가 혼자 있게 되었을 때, 주인이 부르자 낙동강을 지나면서 이 시를 짓고 투신하였다 한다. 뒷사람들이 이 시를 바위에 새겨두었다 한다. 『대동시선』에서는 이 시를 '물에 몸을 던질 때 짓다投水時作'라는 제목으로 수록하면서, 제목 아래 "『진휘속고震彙續攷』에는 계집종이 재색才色이 있어 박생의 추천을 받아 그 남편과 헤어지니 낙동강에 몸을 던져 죽었다"라 하였다. 또한 작자 '박생비' 아래 "『청구시화靑邱詩話』에서는 이를 이세근李世瑾 친족의 가비로 보았다"는 설을 부기해놓았다.

시아버님이 양자를 구하러 파주로 가시는 길에尊舅以求螟事行次坡州

남정일헌

이 몸은 아들 없고 남편도 없어
시부모님 의지했으나 끝내 시어머님 떠나셨네.
시동생 아들이나 바랐더니 아직 자라질 못했으니
어느 때나 양자 얻어 훌륭히 만들까?

此身無子又無夫　　只恃舅姑竟失姑
望弟生兒兒未育　　何時螺蠃負蒲蘆[1]

남들은 아들 있는데 나는 양자 구하니
병든 시아버님 길 떠나며 얼마나 눈물 흘렸나?
밤낮으로 빌었던 일 아들 얻는 것인데
이처럼 훌륭한 아들이 어디서 생기려나?

他人有子我求螟[2]　　病舅登程淚幾零

---

1) 포로(蒲蘆, 蒲盧)는 과라(果蠃, 蜾蠃), 곧 나나니벌이다. 이렇게 보면 '螺蠃負蒲蘆'는 '나나니벌이 나나니벌을 업어 가다'라는 말이 된다. 아마도 이는 양자를 데려다 키우는 것을 비유하는 "명령(뽕나무벌레)의 새끼를 과라(나나니벌)가 업어 간다(螟蛉有子, 蜾蠃負之)"라는 표현을 잘못 사용한 것으로 보인다. 75쪽 주 1 참조.
2) 구명(求螟)은, 나나니벌이 뽕나무벌레의 새끼를 구한다는 말과 같다. 곧 양자를 구한다는 뜻이다.

日夜祈望惟在此　　鳳雛³⁾何處生寧馨⁴⁾

—『정일헌시집』

3) 봉추(鳳雛)는 유풍(幼風), 준걸을 비유한다. 흔히 봉추린자(鳳雛麟子)는 귀족의 자손을 비유하거나 훌륭한 자제를 칭송하는 말로 쓰인다.
4) 영형(寧馨)은 진(晉)·송(宋) 시대의 속어로, "如此"의 뜻이다. 여기서는 '영형아(寧馨兒)', 즉 이와 같은 아이라는 뜻이다. 흔히 아이의 미칭으로 쓰인다. 『진서晋書, 왕연전王衍傳』에, 왕연이 총명하고 풍모가 단아하였는데, 일찍이 산도(山濤)가 보고서 한참 동안 감탄하다가 그가 떠난 뒤 "어떤 늙은이인가? 이와 같은 아이를 낳다니!(何物老嫗生寧馨兒)"라 하였다.

이 시는 남정일헌이 과부가 되어 양자를 들인 사연과 심정을 읊고 있다. 정일헌은 다른 시 「도리곡桃李曲」에서 오얏과 복숭아를 접붙여 무성한 열매를 얻듯이, "남의 아들 데려다 내 아들 삼았으나, 오래오래 지나면 낳은 아들 되리라"라고 하였다. 출가한 뒤 사대부가 여성의 가장 중요한 역할은 바로 가문을 이을 후사를 낳는 일이었다. 이 시는 후사를 낳지 못한 여성이 받았을 중압감과 가문을 온전히 이어야 한다는 책임감을 여실히 보여준다.

취향을 대신해서 그의 딸을 애도함 代翠香哭女

강지재당

언제나 어미 떠나 할머니 따라다니며
상머리에서 대추나 밤, 사탕, 배를 얻어먹었지.
짧은 처마에 가을 해는 여름처럼 길어서
이따금 앙증맞은 울음으로 젖을 보챘지.

阿母常離祖母隨　　床頭棗栗與糖梨
短簷秋日長如夏　　往往嬌啼索乳時

눈에 가득한 슬픔을 억지로 참자 하니
창 앞에 한 걸음이 세상 끝을 가는 듯.
어미 마음 상할까 몰래 흘리는 눈물을
빈 뜰의 지는 꽃잎에 뿌렸지.

滿眼悲來强抑悲　　窓前一步若天涯
潛淚恐傷慈母意　　空階灑向落花枝

동쪽 이웃에서 점을 치고 북쪽 의원 찾았으나
의술은 듣지 않고 점술도 맞지 않았네.
길 어둡고 봄바람 불고 비 오는 밤에

네 아비 매정한 걸 네 어찌 알랴?

東隣問卜北隣醫　　醫道難醫卜不疑
路黑東風吹雨夜　　爾爺恩薄汝安知

황천길이 멀고 멀어 가기 더딜 터
어미를 못 잊어서 머리 돌려보겠지.
안개비 배꽃에 내리는 밤
아득한 먼 길에 불러도 끝내 모르겠지.

重泉路遠去應遲　　倘是回頭戀慈母
半烟半雨梨花月　　杳杳招招竟不知

비단 치마로 둘러싸 문을 나서서
청산에 삽질하여 거친 언덕에 묻었네.
엊그제도 상자 열고 장난치고 놀았는데
헝겊 조각 비단 조각은 보기도 서럽구나.

深裹羅裳抱出門　　青山一揷付荒原
昨日嬉探斑篋裏　　零紈片錦倍傷魂

네 어미 영락하여 강남을 떠도나
서쪽채의 옛일을 생각하면 견디기 어렵구나.
다음 생에는 기생 딸 되지 말고
좋은 가문에 멋진 남자로 태어나렴.

爾孃流落到江南　　憶事西廂思不堪
他生莫作娼家女　　好向候門[1]做好男

　　　　　　　　　　　　　　　—『지재당고』

1) 후문(候門)은 제후의 문, 또 현귀한 집안을 이른다.

진참^{跫站}의 기생 취향의 딸로 태어나 살다가 죽은 어린아이를 애도한 작품이다. 강지재당이 기녀였다는 것을 생각해보면, 이 시의 현실감이 더욱 배가된다. 기생의 딸로 태어나 제대로 살아보지도 못한 채 병들어 죽고 만 아이에게 다음 생에서는 부귀한 집의 사내아이로 태어나라고 말하는 것이 매우 현실적이어서 읽는 이의 마음을 더욱 쓰리게 한다.

옛날을 생각하며憶昔

강지재당

그립고 그립구나! 옛날이
버들 늘어진 병영에서 나고 자랐지.
여덟 살에 어머니를 따라
배를 타고 남쪽 나루를 건넜네.
분성 객관에 잘못 떨어져
청루에 이 몸을 맡겼네.
언제 능화거울을 닦았던가?
오늘 아침 비단옷을 입었네.
몽롱하게 눈이 펄펄 날리듯 춤을 추고
구름도 멈추게 하는 노래[1]를 맑게 불렀지.
부용꽃 핀 물에는 그림배
연자루에는 담황색 주렴.
열다섯 살에 군자를 만나
머리를 올리니 정이 은근했는데
어찌 이리 기구한가 나의 팔자
짝 잃은 기러기 제 짝을 돌아보는 듯.

---

1) 『열자列子, 탕문湯問』에, 진(秦)나라의 명창 진청(秦靑)이 노래를 부르자, 가던 구름도 그 소리를 듣고 멈추었다는 '향알행운(響遏行雲)'의 일화가 전한다.

열일곱 살에 어머니를 여의고
삼 년 동안 눈물 거두지 못했네.
아스라이 북망산에 올라가
한 잔 술로 백양나무 마주하였네.
망망한 한 조각 구름만이
서쪽 광릉성으로 들어가네.
건덕은 나의 땅 아니요
병주가 곧 고향이라.
낙엽 되어 뿌리로 돌아가는 날
누가 한마음 가진 사람일까?
강 마을에 푸른 갈대만 가득한데
흰 이슬 내려 문득 마음 아프네.
서쪽 동산 한 그루 나무에 핀 꽃
벌 나비 어찌 그리 분분한가?
동산에 사부가 있어
흰 구름 그리며 긴 노래 부르네.[2)]
비녀 꺾어 약속 저버리기 어렵고
반쪽 거울 기다린 듯 합치하였네.
소나무 잣나무 울울창창하니
눈보라 쳐도 변치 않을 줄 알지.
사월이라 황매우 내릴 때
마디마디 애간장 모두 끊어지네.
소리 없이 베갯머리에 흐르는 눈물

---

2) 도잠(陶潛)이 「화곽주부和郭主簿」에서 "아득히 흰 구름을 바라보니, 회고의 정이 어찌 그리 깊
은가?(遙遙望白雲, 懷古一何深)"라 하였다. 전하여 은사(隱士)의 시를 백운가(白雲歌)라 한다.

방울방울 비단 치마 적시는데,

하늘에 닿은 금강의 물

목란주[3]로 가는 길 어찌 그리도 긴가?

깊은 솔숲 미륵암

치마 걷고서 높은 언덕을 오르네.

약수의 물 삼천리

무산의 열두 봉우리

이 마음 누구에게 말할까?

그리운 마음은 천 겹 만 겹.

憶昔復憶昔　　生長柳營[4]春

八歲隨慈母　　乘潮南渡津

誤落盆城[5]舘　　句欄[6]委此身

何曾拂菱花[7]　　今朝着綺羅

朦朧回雪舞[8]　　瀏淚[9]遏雲歌

3) 목란주(木蘭舟)는 곱게 꾸민 작은 배를 말한다.

4) 유영(柳營)은 엄정한 군영을 이른다. 한(漢)나라의 주아부(周亞夫)가 장군이 되어 군대를 근엄하게 다스렸는데 세류(細柳)에 군대를 주둔시키고 세류영이라 불렀다. 이후 유영은 군영을 가리키는 말로 쓰인다. 평안도 병영을 달리 이르는 말이기도 하다.

5) 분성(盆城)은 경상남도 창원을 이른다.

6) 구란(句欄, 句闌)은 난간이다. 여기서는 기생들이나 배우들이 거처하는 곳을 이른다. 이상은(李商隱)의 「창가시倡家詩」 중 "주렴 가볍고 장막 무거운 금빛 난간(簾輕幕重金句欄)"이라는 구절에서 유래하였다.

7) 능화(菱花)는 고대의 구리거울인 능화경(菱花鏡)을 말한다. 이규보의 시 「거울을 보고 양 교감梁校勘에게 주다覽鏡, 贈梁校勘」에 "능화경에 쌓인 먼지 떨기를 겁낸 것은, 수척한 모습에 마음 상할까 두려워서라네(怯把菱花拂古塵, 恐緣形瘦轉傷神)"라는 구절이 보인다.

8) 회설무(回雪舞, 迴雪舞)는 눈이 날리듯 빙빙 도는 춤이다. 흔히 가볍고 아름다운 여인의 춤추는 자태를 이른다. 한(漢)나라 장형(張衡)의 「무부舞賦」에 "옷자락은 나는 제비 같고, 소매는 빙빙 도는 눈 같네(裾似飛燕, 袖如迴雪)"라 하였다.

9) 유량(瀏淚)은 청초하고 명랑한 소리를 뜻한다.

畫舫[10]芙蓉水　縄簾燕子樓

十五逢君子　結髪[11]意綢繆[12]

那堪妾薄命　離鴻[13]顧侶儔

十七違慈母　三年涕未收

沼沼北邙上　白楊對一杯

茫茫一片雲　西入廣陵城

建德[14]非吾土　並州[15]卽故鄉

落葉歸根日　誰是一心人

水國滿蒼葭　白露却傷神

西園獨樹花　蜂蝶何紛紛

東山有謝傅[16]　長歌懷白雲

折釵難孤約　半鏡合如期

松柏鬱蒼蒼　風雪歲寒知

四月黃梅雨[17]　斷盡寸寸腸

無聲枕畔淚　滴滴濕羅裳

連天錦江水　蘭橈[18]路何長

---

10) 화방(畫舫)은 장식이 아름다운 놀잇배를 뜻한다.

11) 결발(結髮)은 머리를 묶는다는 뜻이다. 곧 남자의 관례나 여자의 성혼을 이른다.

12) 주무(綢繆)는 정의(情意)가 은근하고 절실하다는 뜻이다.

13) 이홍(離鴻)은 무리 잃은 기러기, 멀리 떨어진 벗을 비유한다.

14) 건덕(建德)은 『장자莊子』에 나오는 이상향이다. 남월에 한 읍이 있는데 그 이름을 건덕의 나라라고 하였다. 그 백성들은 어리석고 소박하며, 이기심이 없고 욕심이 적다 하였다.

15) 병주(幷州)는 제2의 고향이라 할 만한 땅을 이른다. 가도(賈島)의 시 "병주 객사에서 묵은 지 십 년, 돌아가고픈 마음에 밤낮 장안을 생각했지. 까닭 없이 다시 상건수(桑乾水)를 건너갈 때, 병주를 바라보니 그곳이 바로 내 고향(客舍幷州已十霜, 歸心日夜憶咸陽. 無端更渡桑乾水, 却望幷州是故鄉)"에서 온 말이다.

16) 사부(謝傅)는 진(晉)나라 태부(太傅) 사안(謝安)으로 동산(東山)에서 기생을 데리고 놀았다.

17) 황매우는 매실이 익을 무렵 내리는 비로, 보통 6월 중순부터 7월 초순에 걸쳐 내리는 장맛비를 말한다. 여기서는 매화꽃이 피었다 비처럼 날리며 지는 것을 이른 듯하다.

18) 난요(蘭橈)는 작은 배의 미칭이다.

深松彌勒菴　　褰裳[19]跨高岡
弱水[20]三千里　　巫山[21]十二峰
此情憑誰說　　相思更萬重

—『지재당고』

19) 건상(褰裳)은 치마를 걷어 올린다는 뜻이다. 곧 수고를 마다하지 않고 급히 가는 모습을 이른다. 『시경詩經, 정풍鄭風, 건상褰裳』에 "그대가 사랑하며 나를 그리워한다면, 치마를 걷고 진수를 건너가겠지만(子惠思我, 褰裳涉溱)"이라는 구절이 보인다.
20) 약수(弱水)는 신선이 살았다는 중국 서쪽의 전설적인 강이다. 『서경書經, 우공禹貢』에, 중국의 장안에서 서남쪽으로 3만 또는 4만 리 거리에 있는 것으로 전해진다.
21) 초(楚) 양왕(襄王)이 일찍이 고당(高唐)에서 낮잠을 자는데 꿈에 한 여인이 와서 "저는 무산(巫山)의 여자로서 임금님이 이곳에 계시다는 소문을 듣고 왔으니, 침석(枕席)을 같이해주소서"하므로, 양왕이 그 여인과 하룻밤을 잤는데, 다음 날 아침 그 여인이 떠나면서 "저는 무산의 양지쪽 언덕에 사는데, 매일 아침이면 구름이 되고 저녁에는 비가 됩니다"라고 했다는 고사가 있다.

이 시는 지재당이 자신의 일생을 돌아보는 한편 임을 그리워한 작품이다. 이 시를 통해 보면, 지재당의 아버지는 아마도 평안도 병영에 근무한 적이 있는 무인武人인 듯하다.[22]

22) 조선 말기 김해 부사를 지낸 강씨 성을 가진 사람으로는 강이오(姜彛五, 1788~1857)가 있다. 강이오는 1848년 황해도 평산 부사에서 김해 부사로 전임되었는데, 지재당이 말한 평안도 병영과 황해도는 지역의 차이가 있어 단정하기는 어렵다. 강이오는 표암(豹菴) 강세황(姜世晃)의 서자인 신(信)의 둘째 아들이다. 만약 지재당의 아버지가 강이오라면 그녀는 1840년에 태어나 강이오로부터 그림과 글씨 그리고 문학적 재능을 이어받았을 것이다. 이성혜, 「지재당 강담운의 시세계」, 『동양한문학연구』 제18집, 2003 참조.

해설

여성의 삶과 한시 창작

한시漢詩가 문학의 주류이던 시대에도 여성이 한시를 짓는 일은 결코 자연스럽거나 바람직한 일이 아니었다. 사대부들이 교양으로서 일상적으로 한시를 짓고, 전문 시인으로 자처하며 평생을 한시 창작에 몰두한 작가들이 쏟아져 나왔을 때에도, 여전히 여성의 한시 창작은 예사로운 일이 아니었다. 이덕무李德懋의 『사소절士小節』에서 볼 수 있듯이, 부녀자야 한문의 기본 독해력이나 갖추고 족보, 역대 국호國號, 성현聖賢의 이름 정도나 알면 그만이지 함부로 시를 지어 내보이는 것은 옳지 않다는 게 당시의 통념이었다.

이처럼 남성이 한문학을 독점하고 있을 때, 여성은 국문國文을 널리 활용하였다. 언간諺簡이라 하여 국문 편지를 쓰고, 기록할 사연이 있으면 국문 실기實記를 썼다. 또한 가사와 시조를 지어 여성의 생활 체험과 정서를 노래하였으며, 나아가 국문소설의 독자와 작가가 되기도 하였다.

🌿 여성 한시의 작가

그러면 과연 어떤 여성들이 한시를 지었는가? 일찍이 신라의 여성 설요薛瑤가 당나라에서 지었다는 「반속요反俗謠」가 오늘날까지 전하고 있지만, 조선 전기 황진이黃眞伊를 비롯한 몇몇 기녀妓女, 그리고 신사임당申師任堂, 송덕봉宋德峯, 허난설헌許蘭雪軒처럼 명문 사족士族 출신의 여성 문인이 출현하면서 여성의 한시 창작이 본격적으로 시작되었다. 이후 조선 후기에 이르러 여성 한시 작가가 보다 늘어남으로써, 한시는 더이상 남성의 전유물이 아니게 되었다.

기녀로 단연코 명성이 높은 이는 황진이다. 황진이는 황진사의 서녀庶女로 출중한 미모와 예술적 재능을 타고나 15세에 기적妓籍에 든 뒤로 당대의 문인, 명사名士와 교유하며 많은 일화를 남겼다. 당시 생불生佛이라 일컬어지던 천마산의 지족선사知足禪師를 파계시킨 일과 시조 한 수로 종실宗室 벽계수碧溪守를 매료한 일, 소세양蘇世讓과의 교유, 서경덕徐敬德과 사제 관계를 맺었던 사연 등이 널리 알려져 있다. 허균許筠이 『국조시산國朝詩刪』에 그녀의 한시 작품을 선발하며 그 시재詩才를 칭송한 바 있듯이, 후대에 여러 시화집과 시선집에서 황진이의 한시는 주목을 받아왔다. 부안의 기녀 이매창李梅窓 역시 드물게 개인 시문집을 남길 만큼 많은 한시를 지었다. 그녀는 특히 위항시인委巷詩人 유희경劉希慶과 여러 편의 시를 주고받으며 사랑을 나누었으며, 허균과도 오랫동안 특별한 우정을 나누었다.

이렇게 보면 기녀 출신 시인들의 경우 당대의 이름난 남성 문사들과의 교유를 통해 그 시재가 세상에 더욱 널리 알려졌다. 또 한두 수의 작품으로 이름을 남긴 계월桂月, 복아馥娥와 같은 기녀들의 작품 역시 대부분 인연을 맺은 남성 덕분에 세상에 남았다. 이는 남성 중심의 문학적 환경에서 여성의 한시 작품이 전파되거나 기록되었기 때문이다.

첩(소실)으로 시에 능했던 이로는 이옥봉李玉峯이 있다. 그녀는 서녀로 태어나 조원趙瑗의 소실이 된 여성이다. 어려서부터 길쌈, 바느질 등 가사에는 관심이 없고 글공부와 시 짓기를 즐겼는데, 그래서 시집갈 나이가 되어서도 혼처를 쉽게 정하지 못하였다. 그러던 중 조원의 명성을 듣고 스스로 그의 첩이 되고자 하였다 한다. 조원의 현손玄孫 조정만趙正萬이 편찬한 『가림세고嘉林世稿』에 『옥봉집玉峯集』이 수록되어 있고, 거기에 한시 32수가 전한다. 허균은 옥봉의 시에 대해 "맑고 굳세며 여성의 화장기가 없어 가작이 많다"고 평가하였으며, 신흠申欽과 홍만종洪萬宗 역시 옥봉이 허난설헌과 더불어 조선 제일의 여류 시인이라 높게 평가하였다. 또한 그녀의 시는 『명시종明詩宗』 『열조시집列朝詩集』 등에 실려 중국에까지 알려졌다. 이옥봉과 같은 시대에 양사기楊士奇 또는 양사언楊士彦의 첩이라 알려진 여성의 한시 작품이 『국조시산』 등에 선발되었으며, 이수광의 『지봉유설芝峯類說』에서는 이 여성의 한시 작품과 더불어 그녀와 남편의 흥미로운 일화를 전하고 있다.

19세기 서울에서는 몇몇 시문詩文을 좋아하는 소실들이 모여 시사詩社를 결성하기도 하였다. 금원, 운초, 경산, 죽서 등이 한강변 성사 삼호정三湖亭에 모여 한시 창작을 매개로 여성의 연대를 보여주기도 하였다. 그중 박죽서朴竹西에 대한 기록을 보면, 그녀는 어려서부터 영특하여 아버지가 강습하는 것을 곁에서 들은 대로 암송하여 빠뜨림이 없었고, 자라서는 책을 더욱 좋아하여 소학小學, 경사經史, 옛 작가의 시문을 바느질과 함께 익혔다고 한다. 박죽서는 서기보徐箕輔의 소실로 들어간 이후, 길지 않은 생애를 병으로 고생하며 보냈으며 오로지 한시 창작을 삶의 즐거움으로 삼았다.

어쩌면 기녀나 첩의 신분이었던 여성들은 사회적으로는 홀대를 받았을지언정 오히려 한시 창작처럼 개인의 취향을 펼치는 데에서는 한결 자유로웠던 것이 아닌가 싶다. 그런데 유교 덕목에 의거한 규범적시선에서 자유로울 수 없었던 사족 여성들의 경우는 사정이 또 달랐다. 이른바 부덕婦德, 부언婦言, 부용婦容, 부공婦功의 사덕四德을 내면화하고 실천하며 살아야 했던 사족 여성들의 삶에서 학문이나 시문은 자리를 차지하기가 쉽지 않았다. 흔히 여자의 몸으로 태어났지만 유사儒士의 학식을 가진 이를 '여사女士'라 불렀는데, 이러한 여사에게는 대개 '만약 남자가 되게 하였더라면', '남자가 되지 못한 것이 애석하다'와 같은 탄식이 따라다녔다. 학식이나 시문은 곧 남성의 몫이었다.

하지만 이런 환경에서도 한시를 통해 자신의 내면을 토로하고 생활을 형상화한 여성들이 있었다. 허난설헌은 27세의 젊은 나이로 세상을 떠날 때까지 아름다운 시편을 많이 써서 남겼다. 학문과 문장에 뛰어난 허성許筬, 허봉許篈, 허균이 그녀의 형제들이다. 그녀의 작품은 본인의 유언대로 전부 소각되었지만, 친정에 보관되었던 것을 허균이 명나라 사신에게 주어 중국에서 먼저 시집이 간행됨으로써 오늘날까지 그녀의 시를 읽을 수 있게 되었다. 허난설헌은 유독 시명도 높고 비난도 많았는데, 그 이유는 난설헌의 한시가 당대의 다른 사족 여성, 예컨대 신사임당이나 송덕봉과 달리 유달리 여성적 정감에 충실하고 시의 언어가 감각적이었기 때문이다. 사족 여성들의 한시에서 허용되는 정서의 표현 역시 유가적 규범에서 자유롭지 못했음을 알 수 있다.

조선 후기에 이르면 사족 여성의 한시 창작이나 학문 연찬硏鑽을 관대하게 보는 문화가 형성되었다. 예컨대 서영수합徐令壽閤의 집안이 그러하였다. 서영수합의 아버지는 서형수徐逈修이고, 어머니는 김창협金昌協의 증손녀이자 김원행金元行의 딸이었다. 그녀는 홍인모洪仁謨에게 시집가 홍석주洪奭周, 홍길주洪吉周, 홍현주洪顯周 3형제를 낳아 길렀는데, 이들 모두 당대 대문장가로 이름을 날렸다. 뿐만 아니라 그녀의 딸 홍유한당洪幽閑堂 원주原周 역시 시재가 뛰어났다. 서영수합은 남편 홍인모를 비롯하여 자식들과도 시문을 주고받았는데, 홍인모의 문집 『족수당집足睡堂集』

에 부록으로 『영수합고令壽閤稿』가 수록되어 있다. 홍길주의 회고에 의하면 "어렸을 때 안방에서 어머니를 모시고 있다가 연천淵泉 선생(홍석주)이 퇴근해서 오면 형제자매들이 모두 둘러앉아 철인哲人들의 행적과 경전과 사서史書에 나오는 좋은 구절들을 화제로 하여 서로 토론하였으며, 틈나면 시를 지어 수창酬唱하기도 하면서 종일 놀았다" 하였다.

신부용당申芙蓉堂의 경우도 마찬가지다. 그녀는 몰락한 남인南人의 집안에서 태어났지만, 이 집안은 문학으로 뛰어났다. 그녀는 오빠들인 신광수申光洙, 신광연申光淵, 신광하申光河에게서 글을 배워 시문에 능하였다. 이를 통해 조선 후기 명문가의 여성들은 가정에서 자연스럽게 한시 창작에 익숙해졌음을 알 수 있다.

몰락한 향반鄕班의 여성으로 가문의 명예와 자존심을 지키기 위해 한시를 창작한 경우도 있다. 전라도 남원 서봉방棲鳳坊에서 태어나 하욱河煜에게 출가한 김삼의당金三宜堂의 경우가 그러하다. 삼의당은 몹시 빈한한 살림 속에서 남편의 과거 준비를 오랫동안 뒷바라지하며 살았던 여성으로, 향촌에서 경독耕讀하는 생활을 소박하게 읊은 시들을 많이 남겼다. 하지만 삼의당처럼 몸소 농사에 종사하면서 한시를 즐겨 장작한 향촌 사족 여성은 매우 드물었다.

위에서 언급한 여성들은 신분이나 처지, 환경에서는 서로 달랐지만 하나의 공통점을 갖고 있었다. 자신의 존재, 곧 개아個我적 존재로서의 자신을 누구보다도 강렬하게 인지하였으며, 그 결과 시를 짓지 않고는 살 수 없었던 여성들이었다는 점이다. 누군가 알아주든 아무도 알아주지 않든, 홀로 시를 지을 때 그녀들은 이미 시인이었다.

🌸 시로 남은 여성의 삶

사람이 한세상을 살다 간 흔적을 남기는 방식에는 여러 가지가 있을 것이다. 그중에서도 불후不朽의 공적功績이나 저작著作을 남기는 경우 그 흔적이 가장 뚜렷하게 남는다. 공적을 세우는 길도, 저작을 남기는 길도 막혀 있다면? 아마도 길이 기억해줄 혈육으로 자신의 흔적을 남길 것이다. 조선의 여성들이 대부분 그러하였다.

시문을 잘 짓거나, 글씨를 잘 쓰거나, 학식이 높아도 그러한 면모들은 대개 여성이 살아 있는 동안에는 쉽게 드러나지 않는다. 시를 잘 썼던 청나라의 동원董媛의 경우, 결혼한 후에도 오랫동안 남편이 그녀가 시를 잘 쓰는 줄 몰랐다. 하지만 동원은 남편의 청으로 얻은 왕사정王士禛의 서문을 통해 살아 있는 동안 이름을 남길 수 있었다. 글씨를 잘 썼던 조선의 신씨, 유명현柳命賢의 처는 15세에 시집을 왔는데, 그 남편도 부인이 글씨를 잘 쓰는 줄 몰랐다. 아내의 유품 상자를 열어 보고서야 그 서법이 매우 뛰어남을 알았다. 신씨 부인이 손수 쓴 『열녀전列女傳』이 이용휴李用休, 강세황姜世晃 같은 유명 문인의 글을 얻어 그 이름이 남을 수 있었다. 살아서는 여성 스스로 감추었던 자질과 개성이 죽은 뒤에야 빛을 발했으며, 이것이 재주 많은 여성들이 한세상 살다가 남긴 자취였다.

여기, 시를 통해 자신의 존재를 또렷이 남긴 여성들이 있다. 시만으로 그녀들의 삶을 온전히 재구성해볼 수는 없지만, 어느 순간 아주 분명하게 울리는 내면의 소리를 듣고 그 소리에 담긴 삶의 진실을 마주할 수 있을 것이다.

1부 '그리움과 기다림의 목소리'에 가려 뽑은 한시 작품들은 시적 성취도나 수준을 논하기에 앞서, 작품의 존재 자체로 의미가 있다. 우리 한시사^{漢詩史}에서 남성 시인들이 유달리 인색하게 다룬 제재가 작가 자신의 진솔한 사랑인데, 스스로의 사랑에 솔직했던 여성 시인들이 있었기에 오늘날에도 옛사람들의 사랑을 엿볼 수 있다.

다음의 시는 이옥봉의 「자술^{自述}」이다.

> 요사이 안부는 어떠신가요?
> 창가에 달빛 환할 때 제 한은 깊어만 가요.
> 만약 꿈속의 넋이 자취를 남길 수 있다면
> 문 앞의 돌길은 벌써 모래가 되었을 것을.

> 近來安否問如何　　月白紗窓妾恨多
> 若使夢魂行有跡　　門前石路已成沙

말을 건넨 듯, 짧은 편지를 쓴 듯하다. 평이한 시어와 구법으로 이루어진 시인데, 읽으면 읽을수록 임을 향한 그리움이 읽는 이의 눈에 선하게 떠오른다. 오랫동안 찾아오지 않는 임을 얼마나 그리고 또 그렸으면, 꿈속의 돌길이 모래가 되었을까? 눈에 보이지 않고 손으로 잡을 수 없는 그리움과 사랑을 구체적인 사물로 형상화해내는 감각과 감성이 유치하면서도 절묘해서 무릎을 치게 한다. 사랑은 원래 유치한 것이 아닌가?

2부 '아내의 마음, 어머니의 심정'에는 인생의 대부분을 아내로, 어머니로 산 사족 여성들의 시를 실었다. 평생 독서와 저술에 몰두했던 유학자로 유명한 유희춘^{柳希春}을 남편으로 둔 송덕봉의 호쾌한 한시 작품을 읽고 있으면, 가부장제 그늘 아래 그저 순종만을 미덕으로 삼고 살았으리라 오해되기도 하는 조선시대 사족 여성에 대한 편견이 한순간에 깨지고 만다.

봄바람 아름다운 경치는 예부터 보던 것이요
달 아래 거문고 타는 것도 한 가지 한가로움이지요.
술 또한 근심을 잊게 하여 마음을 호탕하게 하는데
그대는 어찌하여 유독 책에만 빠져 있나요?

春風佳景古來觀　　月下彈琴亦一閑
酒又忘憂情浩浩　　君何偏癖簡編間

　　남편 유희춘이 인생의 참된 즐거움이 책 속에 있다는 시를 보내오
자, 송덕봉이 쓴 답시答詩다. 책 읽는 즐거움도 물론 크지만, 아름다운
봄 경치에는 달빛 아래 거문고를 타거나 근심을 잊고 호탕하게 술을
마시는 것이 더 어울리는 법이라며, 인생을 보는 한 수 위의 안목을 과
시하였다.
　　한편, 자식을 생각하는 어머니의 심정이 있는 그대로 전해져 가슴이
뭉클해지는 시도 있다. 서영수합이 중국에 사신使臣으로 가는 큰아들
홍석주에게 부친 시이다.

차가운 겨울바람 벌써 닥쳤는데
길 떠나는 너 옷은 춥지 않으려나?
이런 생각 하느라 마음 졸이니
자주자주 잘 있다는 소식 전하렴.

凉風忽已至　　游子衣無寒
念此勞我懷　　種種報平安

막중한 사신의 임무를 맡아 먼 길을 떠나는 아들의 안부를 염려하는 어머니의 심정이 고스란히 담겨 있는 시다. 자식의 안부를 묻고 자주 소식 전하라는 당부의 말 이외에 무슨 시적 수사가 필요하랴? 이 시를 받은 아들 홍석주 역시 사행使行 길에 여러 편의 시를 지어 어머니에게 부쳤다.

3부는 '보고 싶은 가족, 그리운 고향'이다. 어디에 있어도 항상 돌아가고픈 곳이 부모의 품이요, 고향의 품이다. 소실이 되어 고향을 떠나온 여성이나, 시댁이나 남편의 부임지로 따라간 여성 모두 한결같이 그리워한 대상이 가족과 고향이었다. 홍유한당의 「친정에 간 꿈夢歸」을 읽어보자.

> 내 마음 먼 길 떠나온 나그네 같은데
> 누가 고향에 돌아왔다 하는가?
> 내 눈길은 농서 땅 구름 가에 머물러
> 꿈결에 어머니 곁으로 돌아왔네.
> 문 앞의 버드나무는 안개 속에 푸르고
> 마당의 국화는 서리 맞아 노랗게 피었는데,
> 아버지 어머니는 이 딸이 보고 싶어서
> 창문을 열고 달빛을 보고 계시네.
> 기뻐하며 부모님께 절을 올리니
> 내 손을 붙들고서 함께 마루에 오르시네.
> 헤어졌던 심정을 한바탕 말하며
> 옷자락을 당기며 어머니 곁에 앉았네.
> 오라비와 아우 서로 웃으며

한 줄로 앉아 모두 즐거워하니,
은 촛대의 불빛은 그림 벽을 비추고
금 찻잔에 담긴 귀한 차는 향기롭네.
어느덧 닭이 울고 순라 소리 울리니
가을밤도 오히려 길지가 않구나.
바라건대 구름 속 기러기가 되어
내 마음대로 훨훨 날아갔으면.

心似爲遠客	誰云歸故鄉
目斷隴西雲	片夢歸萱堂
門柳烟裡碧	庭菊霜後黃
爺孃憶阿女	推窓看月光
歡喜拜膝前	携手共登床
盛說別離情	牽衣在母傍
下有兄弟笑	怡怡成一行
銀燭畵壁明	寶茶金尊香
鷄鳴官筮動	秋夜猶未長
願作雲裡鴻	隨意任翱翔

친정을 향한 그리움이 절절히 묘사된 작품이다. 그리운 부모님과 형제들을 꿈속에서 찾아가 잠시나마 기쁨을 누려보지만, 야속하게도 새벽을 알리는 닭 소리와 순라巡邏 소리에 그만 잠에서 깨어나 하염없이 하늘만 바라보는 것이 그녀의 현실이었다.

4부에는 '자연의 소리, 내면의 울림'이라는 제목을 붙였다. 신부용당의 시구처럼 "나 홀로 듣는 즐거운 소리吾獨聞樂聲"를 가만히 읊으면 그

것이 바로 시였다.

녹음 속에 매미 우는 소리
나날이 맑고 절묘해지네.
나 홀로 그 즐거운 소리 들으니
세상에서 그 누가 이 정경 알리?

綠樹蟬聲鳴　　日日淸且巧
吾獨聞樂聲　　世人誰知好

신부용당의「매미 소리蟬聲」라는 작품이다. 맑고도 절묘하게 울어대는 매미 소리를 들으며 계절의 변화를 느끼고, 계절의 변화 속에서 자연의 이치를 깨닫는 기쁨과 즐거움이 시의 정경情景이다. 세상 사람들이 알아주지 않아도 그만인 그곳에 오직 시인의 세계만 조용히 기다리고 있는 것이다.

한편, 아주 드물지만 세상을 향해 보란 듯이 길을 나선 여성도 있다. 『호동서락기湖東西洛記』로 알려진 김금원金錦園이 그 예이다. 금원은 14세 때 남장男裝을 하고 제천湖을 거쳐 금강산東을 유람한 후 김덕희金德熙와 결혼하여 의주義州 부윤府尹이 된 남편을 따라갔다가西, 의주에서 서울로 돌아와 용산 삼호정洛에 살게 되기까지의 여행 견문을 『호동서락기』에 담았다. 그녀는 한때 금앵錦鶯이란 이름으로 기녀 생활을 했으리라 추정되기도 한다. 남자 차림을 하고 집을 나선 금원은 넓고 화려한 세상을 돌아보고 천하의 장관 금강산에 올라 마침내 멀리 펼쳐진 동해를 바라보았다.

모든 물 동쪽으로 흘러드니

깊고 넓어 아득히 끝이 없구나.

이제야 알았노라. 하늘과 땅이 커도

내 가슴속에 담을 수 있음을.

百川東滙盡　　深廣渺無窮

方知天地大　　容得一胞中

『대동시선大東詩選』에 「바다를 바라보다觀海」라는 제목으로 뽑혀 있는 시이다. 끝없이 펼쳐진 동해를 바라보면서 금원은 이제 하늘과 땅이 아무리 크다 해도 자기 안에 담을 수 있다고 말한다. 그야말로 여행을 통해서 세계를 끌어안을 만큼 자아가 확장되는 경험을 하였던 것이다. 열린 세상을 향해 비상하는 금원의 모습을 보는 듯해 가슴이 벅차지만, 이내 그 비상은 한순간일 수밖에는 없는 그녀의 현실을 그녀의 다른 한시에서 읽으면 가슴이 또 멍해진다.

　5부의 제목은 '책 읽는 즐거움과 시 짓는 기쁨'이다. 책을 읽고 시를 짓는 일은 무엇과도 바꿀 수 없는 시인의 즐거움이요 기쁨이다. 책을 읽고 시를 짓는 시간 동안에는 자신에게 온전히 몰입할 수 있기에, 많은 시인들이 책 읽고 시 짓는 한가한 생활을 노래하였다. 그런데 독서와 시작詩作이 일상적이었던 사대부들과는 비교할 수 없는 환경에 놓여 있었기에, 여성들의 책 읽고 시 짓는 즐거움과 기쁨이 더욱 값지다.

　겨울밤 책 읽는 모습이 눈에 선하게 그려지는 김청한당金淸閑堂의 「십월의 밤十一月夜」을 읽어보자.

　겨울밤 둥근 달이

　눈부시게 앞 숲을 비추네.

등불 아래 책을 읽고 있자니
내 심사도 밤과 더불어 깊어간다.

一輪冬夜月　　皎皎度前林
燈下看書史　　心思與夜深

행장行狀에 의하면, 청한당은 글을 배워 문장을 잘하면서도 "여자가
아무리 경사經史에 밝아도 부도婦道에 어두우면 장차 남자도 못 되고 여
자도 못 될 것이니, 어디에 쓰랴?" 하면서 평생 집안일을 아랫사람들
에게 맡기지 않았다고 한다. 그런데도 틈틈이 문장을 익혔고, 역대의
문장을 평하는 솜씨도 보통을 넘어섰다고 한다. 그런 청한당은 유독
책 읽기의 즐거움을 한시로 많이 읊었다. 그녀의 시편 속에는 맑은 봄
날 종일 아무도 대하지 않고 오직 독서에만 열중하고 있는 모습, 여름
날 느티나무 그늘 아래 작은 덩床에서 더위도 잇고 책 읽기에 푹 빠져
있는 모습, 또 위의 시에서처럼 깊어가는 겨울밤 달빛과 등불빛 아래
꼼짝 않고 홀로 앉아 책을 읽는 자신의 모습이 그려져 있다.
　청한당의 「늦봄 뒤뜰에 앉아서晚春坐後庭一首」를 읽어보자.

흰 구름 막 피어올라 온갖 자태 짓고
휘늘어진 버드나무에는 저녁햇살이 더디다.
처마 끝 살구꽃은 흰 눈처럼 환한데
꾀꼬리 소리 들으며 시를 짓는다.

白雲初起轉多姿　　楊柳垂垂日影遲
屋角杏花明似雪　　鶯兒聲裏坐題詩

맑고 환한 늦봄의 풍경 묘사가 아름다울 뿐 아니라, 그러한 풍경 속에서 시를 짓고 있는 청한당의 모습 역시 아름답다. 뭉게뭉게 피어오르는 흰 구름, 푸르게 휘늘어진 버드나무, 붉게 지는 노을, 하얗게 핀 살구꽃, 꾀꼬리 울음소리, 그리고 가만히 앉아 시를 짓는 사람, 이 모든 풍경이 한 편의 시 속에 거두어져 있다.

6부의 제목은 '고달픈 인생살이, 안과 밖'이라고 붙여보았다. 한시를 지어 쌀을 빌리기도 하고(김호연재金浩然齋), 시부상媤父喪을 치르느라 진 빚을 갚기 위해 돈 벌러 나가는 남편에게 한시를 지어 격려를 보내기도 하는(김삼의당金三宜堂) 등, 여성의 생활고生活苦 역시 여성 한시의 중요한 제재였다.

김성달金誠達의 소실 울산 이씨처럼 남편이 죽고 난 뒤 따라 죽고 싶은 심정을 읊은 경우도 있다. 울산 이씨가 남긴 「가을밤의 회포秋夜書懷」를 읽어보자.

밤 깊어 밝은 달빛 빈 뜰에 가득한데
우수수 나뭇잎 지는 소리에 문을 닫네.
꺼져가는 등불 따라 애간장이 끊어질 듯
누가 알리 세상에서 죽지 못한 내 사정을.

夜深明月滿空庭　　門掩蕭蕭落葉聲
殘燈欲盡腸隨斷　　誰識人間未死情

남편을 따라 죽고만 싶은 심정이지만, 어린 자식들 때문에 차마 죽지 못하고 살아야 하는 것이 그녀의 현실이었다.

김해 출신 기녀로 배전裵婰의 소실이 된 강지재당姜只在堂은 기생의 딸

로 태어나 얼마 살지도 못하고 세상을 떠난 아이의 애절한 사연을 한
시로 전하였다.

언제나 어미 떠나 할머니 따라다니며
상머리에서 대추나 밤, 사탕, 배를 얻어먹었지.
짧은 처마에 가을 해는 여름처럼 길어서
이따금 앙증맞은 울음으로 젖을 보챘지.

阿母常離祖母隨　　床頭棗栗與糖梨
短簷秋日長如夏　　往往嬌啼索乳時

눈에 가득한 슬픔을 억지로 참자 하니
창 앞에 한 걸음이 세상 끝을 가는 듯.
어미 마음 상할까 몰래 흘리는 눈물을
빈 뜰의 지는 꽃잎에 뿌렸지.

滿眼悲來强抑悲　　窓前一步若天涯
潛淚恐傷慈母意　　空階灑向落花枝

동쪽 이웃에서 점을 치고 북쪽 의원 찾았으나
의술은 듣지 않고 점술도 맞지 않았네.
길 어둡고 봄바람 불고 비 오는 밤에
네 아비 매정한 걸 네 어찌 알랴?

東隣問卜北隣醫　　醫道難醫卜不疑
路黑東風吹雨夜　　爾爺恩薄汝安知

황천길이 멀고 멀어 가기 더딜 터
어미를 못 잊어서 머리 돌려보겠지.
안개비 배꽃에 내리는 밤
아득한 먼 길에 불러도 끝내 모르겠지.

重泉路遠去應遲　　倘是回頭戀慈母
半烟半雨梨花月　　杳杳招招竟不知

비단 치마로 둘러싸 문을 나서서
청산에 삽질하여 거친 언덕에 묻었네.
엊그제도 상자 열고 장난치고 놀았는데
헝겊 조각 비단 조각은 보기도 서럽구나.

深裏羅裳抱出門　　青山一揷付荒原
昨日嬉探斑篋裏　　零紈片錦倍傷魂

네 어미 영락하여 강남을 떠도나
서쪽채의 옛일을 생각하면 견디기 어렵구나.
다음 생에는 기생 딸 되지 말고
좋은 가문에 멋진 남자로 태어나렴.

爾孃流落到江南　　憶事西廂思不堪
他生莫作娼家女　　好向候門做好男

어린아이의 넋을 향해 다음 생에서는 부귀한 집의 사내아이로 태어나라는 마지막 시구가 너무나 직설적이어서, 이 시가 놓인 가혹한 현실에 가슴이 쓰리다.

🖌 여성 한시를 읽는 독자

기생이든 첩이든 사족이든 여성이 자신의 한시 작품을 직접 수습하고 정리하여 책으로 남긴 예는 없다. 오랫동안 사대부들 사이에서 구전되다가 기록하거나 뒤늦게 필사하는 과정에서 여성의 한시 작품은 작자의 고증이 잘못되거나 원문의 글자가 잘못되는 일이 많았다. 특히 기녀나 소실의 시가 그런 일을 많이 겪었다. 예를 들면, 황진이의 유명한 시 「반달詠半月」은 이옥봉의 시로 『옥봉집』에 실려 있기도 하다. 그런데 이 시는 원래 『당시품휘唐詩品彙』에 실려 있는 것으로, 아마도 황진이나 이옥봉이 즐겨 외던 당시가 그녀들의 작품으로 잘못 전해진 것이 아닌가 싶다. 이처럼 일부 작품은 삭사의 고증이 요청되는바, 허난설헌 한시의 경우는 특히 작자의 진위眞僞를 가려야 할 작품이 많다고 알려져 있다. 여성 한시를 주로 소개하고 작품과 관련한 여성의 일화를 전한 이들 역시 사대부였다. 한시의 시대에 여성 한시를 즐겨 읽었던 독자 역시 사대부 남성들이었던 셈이다.

그런데 여성 한시 작가가 늘어나면서 여성 한시의 여성 독자 또한 늘어났으리라 생각된다. 김호연재의 시문집 『호연재유고浩然齋遺稿』는 동일한 제목을 국문으로 적은 국역본이 따로 전한다. 국역본의 경우 한자는 전혀 없고, 한시는 독음讀音으로 적고 번역하였다. 「의유당관북유람일기意幽堂關北遊覽日記」로 유명한 남의유당南意幽堂이 남긴 한시 작품 역시 독음으로 한시를 적고 번역을 부기해놓았다. 이러한 방식은 국문에 익숙한 여성 작가들이 또한 여성 독자를 염두에 두고 창작한 결과가 아닌가 한다.

지금 이 책을 읽는 독자들은 여성 작가니 여성 독자니 여성 문학이니 하는 말이 무색해진 시대에 살고 있다. 우리와 여러모로 다르게 살았지만 본질적으로는 하등 우리와 다르지 않았던, 이 땅에 살았던 옛 여성들이 남긴 한시 작품들을 읽으면서 그 예민하고 섬세한 숨결을 느껴볼 뿐이다.

강혜선

강정일당(姜靜一堂, 1772~1832)

진주가 본관인 강재수姜在洙와 안동 권씨 사이에서 태어났다. 부계와 모계 모두 조선 후기 명문가로, 정치적으로는 정통 노론 계열에 속하였다. 출생지는 충북 제천군 근우면 신촌이다.

20세에 6세 연하인 충북의 선비 윤광연尹光演(본관 파평坡平, 자 명직明直, 호는 탄재坦齋)과 결혼하였다. 경제적으로 매우 빈한하여 혼례를 치른 뒤에도 계속 진성에서 지내다기 3년어 만에야 시댁으로 들어갈 수 있었다. 그러나 생활이 더욱 곤궁해져 남편이 학문에 전념하지 못한 채 생업에 종사하게 되자, 정일당은 눈물로 호소하며 자기가 바느질과 길쌈을 하여 살림을 꾸려나갈 것이니 공부에만 전념하라 권면하였다고 전한다. 이에 남편이 공부에 매진하자, 정일당은 바느질을 하며 그 글 읽는 소리를 유심히 들으며 함께 공부하였다 한다. 이후 윤광연은 강재剛齋 송치규宋穉圭의 문하에 들어가 인정을 받았으며, 이후 일찍 관직을 포기하고 재야 선비로서 문생들을 가르치면서 부인과 함께 학문을 토론하며 일생을 보냈다. 정일당은 5남 4녀를 두었지만, 한 명도 장성하도록 기르지 못하여 손위 시숙 윤광국尹光國의 아들 흠규欽圭를 양자로 들였다. 말년에 지병으로 극심하게 고생하다 1832년(순조 32) 9월 14일 61세로 세상을 떠났다.

정일당이 저술한 글은『답문편答問編』『언행록言行錄』등 모두 수십 권에 달하였다고 하는데, 대부분이 소실되었다. 현재『정일당유고』에 전하는 글들은 정일당이 죽은 뒤 여기저기 흩어져 있던 것들을 윤광연이 수습 정리한 것이다.

강지재당(姜只在堂, ?~?)

경상도 김해 출생의 기생으로 고종 때 인물이다. 이름은 담운淡雲. 그녀는 여덟 살에 어머니를 따라 김해로 온 뒤 10여 세 전후로 기녀가 되었는데, 15세에 머리를 올려준 지아비를 잃고 17세에 어머니마저 여의었다. 이후 차산此山 배전裵㙉을 만나 그의 소실이 되었다. 시와 글씨에 뛰어났다 한다. 그녀의 당호인 지재당은 배전이 '오직 그대 품에만 있겠다'는 뜻으로 당나라 시인 가도賈島의 시구 '지재차산중只在此山中'에서 취하여 내렸다 한다. 그녀가 죽은 뒤 배전은 그녀의 시집을 간행하고 대원군의 조카 이재긍李載兢으로 하여금 서문을 쓰게 하였다. 배전이 교주한 『지재당고只在堂稿』는 원래 상하 두 권으로 되어 있었으나 현재는 상권만 전하며 45편의 시가 수록되어 있다. 배전과 지재당이 연인이었음은 이재긍의 서문과 안광묵의 발문에서 뚜렷이 확인할 수 있다. 차산 배전에 대해서는 이성혜, 『차산 배전 연구』, 보고사, 2002, 참조.

김금원(金錦園, 1817~?)

금원은 자신이 살아온 삶을 기록한 『호동서락기』를 통해 널리 알려졌다. 『호동서락기』는 금원이 14세 때 남장男裝을 하고 제천堤을 거쳐 금강산東을 유람한 후 규당학사奎堂學士 김덕희金德熙와 결혼하여 의주 부윤이 된 남편을 따라갔다가酉, 의주에서 서울로 돌아와 용산 삼호정湖에 머물러 살게 될 때까지의 유람과 견문을 기록한 것이다. 이 글을 탈고한 때는 1850년 늦봄이었다.

금강산 여행을 떠났던 때가 1830년 14세 되던 해라 하였으니, 1817년에 태어난 것은 알 수 있으나, 언제 죽었는지는 추정할 자료가 없다. 단지 1847년부터 삼호정에 살면서 시 모임을 가졌고, 『호동서락기』를 탈고하던 때가 1850년이라는 기록과 박죽서의 문집 『죽서집』에 발문 형식으로 쓴 「금원제錦園題」를 1851년에 썼다는 기록이 각 문집에 부기되어 있다.

한편, 금원이 집을 떠나 김덕희의 소실이 되기까지 10여 년 이상의 공백이 있는데, 금원 자신은 이 시기에 대해 한마디도 언급하지 않고 있지만, 연구자들은 이 시기에 그녀가 '금앵錦鶯'이란 이름으로 기녀 생활을 했을 것으로 추정한다. 서유영徐有英의 「관동죽지사關東竹枝詞」에는 그녀가 가무와 시화에 뛰어난 기녀 '금앵'으로 묘사되어 있으며, 운초 역시 금앵에게 주는 시가 있어 금원의 또다른 이름이 금앵이었던 것으로 보인다.

김삼의당(金三宜堂, 1769~1823)

김삼의당은 연산군 때 학자였던 탁영濯纓 김일손金馹孫의 후손인 김인혁金仁赫의 딸로, 전라도 남원 서봉방棲鳳坊에서 출생하였다. 남편인 담락당湛樂堂 하욱河昱(남편의 이름자가 명확하지 않아, 湜, 봉, 煜, 溍 등으로 불린다)의 가문은 진양 하씨로, 경기도 안산에서 대대로 벼슬을 한 집안이었으나 뒤에 서봉방으로 옮겨가 살았다. 하욱과 김삼의당은 기이하게도 같은 해, 같은 달에 태어난 인연이 있었을 뿐 아니라, 가문이나 재주 또한 서로 비슷하여 주위에서 천정배필天定配匹이라는 말을 들을 만큼 잘 어울리는 부부였다고 전한다. 몹시 빈한한 살림 속에서 삼의당은 남편의 과거 준비를 뒷바라지하였으나, 남편이 등과하지 못하자 고향인 남원을 떠나 진안으로 옮겨 가 살았다. 삼의당은 경독耕讀하는 자신의 생활을 소박하게 읊은 시들을 많이 남겼다. 『삼의당고』는 1933년에 간행되었는데, 이 책의 저본이 되었을 원고는 아직 발견되지 않았다.

김운초(金雲楚, ?~?)

생몰 연대는 정확하지 않다. 그녀의 시와, 말년에 그녀를 소실로 삼았던 연천淵泉 김이양金履陽. 1755~1845을 통해 보면, 대략 1800년 초에 태어나 1850년 이후까지 산 것으로 추정된다. 『대동시선』에서는 부용芙蓉이라는 이름으로 그녀의 시를 8수나 실어놓았는데, 평안남도 성천成川의 기녀로 자호가 운초라 하고 연천 김이양의 첩실이었다고 하였다. 운초는 김이양의 소실이 되어 약 15년간 성천과 한양에서 살았다. 운초는 동료인 금원錦園, 죽서竹西 등과 함께 모여 시회를 여는 등 당시로서는 드물게 적극적인 창작 생활을 추구한 여성이었다.

김청한당(金淸閑堂, 1853~1890)

본관은 경주慶州. 청한당 김씨는 1853년 의금부도사義禁府都事 김순희金淳喜의 딸로 명례방明禮坊에서 태어나, 15세에 예조판서 이응진李應辰의 아들 이현춘李顯春과 결혼하였다. 17세 되던 해 남편이 갑자기 세상을 떠난 뒤 시부모를 정성껏 모시니, 시아버지가 며느리의 언행을 칭찬하여 유한당幽閑堂이란 당호를 내렸으나 그녀가 사양하자 다시 청한당이란 당호를 주었다고 한다. 조카 경만庚萬을 양자로 삼았으며, 1890년 시부의 3년상을 마치고는 아들을 비롯한 가족들에게 집안 살림과 제사 모시는 법에 대해 알리고 조상의 문집을 간행해줄 것 등을 당부한 뒤 음독자살하였다. 1907년 예소에서 열녀정려烈女旌閭를 내렸다.

1917년 동생 상오商五가 서序를 붙이고 이동규李東奎가 발跋을 붙여 신활자본으로 간행한 『청한당산고』에 시 33수와 논論 1편, 설說 1편, 부록 4편이 실려 있다.

김호연재(金浩然齋, 1681~1722)

김호연재는 홍주의 오두(지금의 충남 홍성군 갈산면 오두리)에서 태어나 유년 시절을 보내고 대전의 은진 송씨 문중으로 출가하여, 남편 송요화宋堯和와의 사이에 1남 1녀를 두었다. 출가한 이래 김호연재는 현재 대전광역시 대덕구 송촌동에 보존되어 있는 소대헌小大軒 고가에 살면서 틈틈이 한시를 지었다.

문인 송명흠宋明欽. 1705~1768은 김호연재를 회고하기를, "내가 13세에 비로소 숙모를 알게 되었습니다. 우리 조부에게 친하시기를 시부모와 같았습니다. 화락한 담소로 신색이 평온하고 용모가 수려하였습니다. 얽매이지 않고 속세에 뛰어나고 깨끗하여 때가 있지 않으셨습니다. 속마음으로 놀랍고 감탄하여 얻으려 해도 일찍이 되지 않았습니다. 물러가서 모든 형들을 따라 가까이 좌우로 모시고 경서經書와 사기史記를 탐구하여 토론하고 시구도 일일이 점을 찍으며 평론하였습니다. 회포를 난만히 터놓고 간간이 타이르시고 일깨워주시기도 했습니다"(「천장시제문遷葬時祭文」)라 하였다. 이는 김호연재가 막 서른을 넘겼을 무렵 시댁 조카의 평가인데, 평소에 더불어 학문을 논하였던 김호연재의 모습을 알 수 있다.

김호연재의 시편들은 여러 자료들과 뒤섞여 묶인 채 소대헌 고가에 보관되어왔다. 김호연재가 직접 제작한 친필 수고본手稿本은 소재를 확인할 수 없고, 현재는 후손이 정리한 『호연재시집浩然齋詩集』과 『증조고시고曾祖考詩稿』(상하)가 남아 있다. 김호연재 한시 자료의 자세한 내용은 민찬, 『김호연재의 한시 세계』(다운샘, 2005, 151~160쪽) 참조.

남의유당(南意幽堂, 1727~1823)

신대손申大孫의 부인 의령 남씨로, 『의유당관북유람일기意幽堂關北遊覽日記』(또는 『의유당일기意幽堂日記』)의 작자로 널리 알려진 인물이다. 의유당은 남편이 함흥 판관으로 부임할 때 따라갔으며, 당호를 의유당이라 하였다. 한문과 국문에 모두 능하였는데, 46세 되던 1772년에 쓴 「동명일기東溟日記」는 일출과 월출 장면을 절묘하고도 사실적으로 묘사하여 국문 수필의 높은 수준을 보여주었다. 50세 이후 노후의 저작인 한시, 한문, 행장 등은 『의유당유고意幽堂遺稿』로 남아 전하고 있다.

남정일헌(南貞一軒, 1840~1922)

남세원南世元의 딸이다. 정일헌은 세 살 때 한글을 깨치고 할아버지에게서 매일 수십 자씩 한자를 배웠는데 한번 배우면 곧 암송하였고, 경사經史에 이르러서도 관통하여 모르는 게 없었다고 한다. 16세에 우계牛溪 성혼成渾의 10세손 성대호成大鎬와 혼인하였는데, 남편이 죽자 곧 순절하려 했으나 집안 식구들의 만류로 실행에 옮기지 못하였다. 집안을 다스리다 여가에 서책을 보며 거처하는 집에 편액을 써 붙이기를 정일헌貞一軒이라 하였다.
현재 전하는 『정일헌시집』은 아들 성태영成台永이 남은 작품들을 수합하여 1923년에 출간한 것으로, 그녀가 쓴 한시 57편, 숙모 파평 윤씨를 제사하는 제문 1편과 함께 정일헌의 묘지墓誌가 수록되어 있다. 한편, 정일헌은 시집에는 실리지 않았으나 한글 가사도 몇 편 남겼다.

박죽서(朴竹西, ?~?)

생몰 연대가 분명하지 않으나 1817년생인 금원이 죽서의 나이가 자기보다 몇 살 어리다고 하였고 『죽서집』(1851)이 그의 사후에 발간되었으므로 1820년 전후에 태어나 1850년쯤 요절한 것으로 추정된다.

죽서는 원주 사람 박종언朴宗彦의 서녀로, 호는 죽서, 반아당半亞堂이다. 송호松湖 서기보徐箕輔의 소실로 들어간 이후, 길지 않은 생애를 병으로 고생하면서 한시를 평생의 낙으로 삼았다. 죽서가 죽은 뒤 그의 시 166편을 수습하여 남편의 육촌 형인 두산斗山 서돈보徐惇輔가 서문을 붙인 『죽서집』이 간행되었다. 서문에 따르면, 죽서는 어려서부터 영특하여 아버지가 강습하는 것을 곁에서 들은 대로 암송하여 빠뜨림이 없었고, 자라서는 책을 더욱 좋아하여 소학, 경사, 옛 작가의 시문을 바느질과 함께 익혔다고 한다. 죽서와 가까이 교류했던 금원은 『죽서집』 말미에 "이미 아는 사람들은 죽서가 재주 있고 지혜로운 규수란 것을 알지만, 은자로서의 풍모와 취미가 있다는 사실에 대해서는 오직 나만이 안다. 안목을 갖춘 분들이 그 시를 읽어보신다면 또한 마땅히 나의 말이 거짓이 아니라고 여길 것이다"라 하였다.

『조선시대 강원여성시문집』(강원도, 1998)에 죽서의 시 166수와 죽서 시집의 서문과 발문, 금원의 「호동서락기 발문」을 번역하여 수록해놓았다.

서영수합(徐令壽閣, 1753~1823)

서영수합은 아버지가 강원도 관찰사와 이조참판을 지낸 서형수徐逈修, 1725~1778이고, 어머니는 김창협金昌協의 증손녀이자 김원행金元行의 딸이었다. 남편은 승지 홍인모洪仁謨였다.

큰아들 홍석주가 쓴 행장行狀에 따르면, 서영수합은 "총명하며 민첩하고 글을 좋아하여 견식과 도량이 평범한 사람을 능가하였다" 한다. 그녀는 남편 홍인모를 비롯하여 자식들과도 시문을 주고받았는데, 홍인모의 문집 『족수당집足睡堂集』에 부록으로 『영수합고』가 수록되어 있다. 『영수합고』에는 서영수합의 시 192편과, 홍석주가 쓴 행장, 홍길주와 홍현주의 발문이 실려 있다.

설죽(雪竹, ?~?)

본명은 월연月蓮이며 자호는 설죽·얼현孼玄·설창雪窓이다. 석천石泉 권래權來, 1562~1617의 시청비侍聽婢였다. 그녀가 남긴 166수의 시가 권상원權尙遠, 1571~?(경상도 봉화의 유곡삼절酉谷三絶로 알려진 인물로 자는 원유遠遊, 호는 백운白雲이다. 진사시에 합격한 이후로 벼슬길에 뜻을 두지 않고 향리에서 여생을 보냈다)의 시문집인 『백운자시고白雲子詩稿』의 말미에 필사되어 전한다. 설죽은 가무와 시문에 능한 성비聲婢이자 가비歌婢였던 것으로 보인다. 여종의 신분으로 태어났지만 시인의 재질이 있고 성격이 호방하여, 15세 무렵에 집을 뛰쳐나와 당대 명망 있는 선비들과 어울려 경내 명산대천으로 노닐었다. 이원걸 역, 『안동 여인, 한시를 짓다』(파미르, 2006) 참조.

송덕봉(宋德峯, 1521~1578)

자는 성중成仲, 호는 덕봉이다. 을사명현乙巳名賢·호남오현湖南五賢의 한 사람으로 일컬어지는 선조 내의 석학이자 문인인 미암眉巖 유희춘柳希春, 1513~1577의 부인으로 유명하다. 그녀는 유희춘과 혼인 후 시가인 남해에서 고향인 담양군 대덕면 장산리(당시 지명 대곡)로 이주하여서 덕봉 아래서 살았기 때문에 덕봉을 호로 삼았던 듯하다. 그녀의 집안인 홍주 송씨는 호남 지역에 근거를 둔 사림파 가문이었다. 송덕봉의 일상생활과 작품 세계는 유희춘의 『미암일기』에서 찾아볼 수 있다.

신부용당(申芙蓉堂, 1732~1790)

신부용당은 시와 산문에 모두 뛰어났던 여성으로, 별호를 산효각山曉閣이라 했다. 1732년에 몰락한 남인의 집안에서 신호申灝의 3남 1녀 중 외딸로 태어났고, 오빠들인 석북石北 신광수申光洙와 기록騎鹿 신광연申光淵, 진택震澤 신광하申光河에게 글을 배웠다.
19세 때인 1750년에 윤운尹惲에게 시집가 윤규영尹圭永과 윤규응尹圭應을 낳았다. 42세 때인 1773년 남편이 해남에서 죽었다. 당시 딸을 임신한 상태였다. 그녀는 둘째 아들의 부임지에 따라가 1790년 59세의 나이로 그곳에서 죽었다.

시문집으로 『부용당집芙蓉堂集』이 여러 권 있었다고 하나 전하지 않고, 오빠들의 문집인 『숭문연방집崇文聯芳集』에 『산효각부용시선』이 필사되어 전한다. 시 18편 23수와 서간문 2편, 제문 2편, 잡저 4편과 부록으로 조카 신석상이 쓴 제문「제고모윤부인문祭姑母尹夫人文」이 실려 있다.

신사임당(申師任堂, 1504~1551)

사임당은 강원도 강릉 북평 마을에서 아버지 신명화申命和와 어머니 이씨 부인 사이에서 둘째 딸로 태어났다. 재주가 뛰어나 부모의 각별한 사랑을 받으며 성장하였다. 19세에 이원수李元秀와 결혼하였다. 사임당의 임任은 고대 중국 주周나라 문왕의 어머니 태임太任을 가리킨다. 태임은 박식하고 현賢 · 엄嚴 · 의義 · 자慈를 겸비한 부인으로 칭송되었는데, '사임'은 바로 그러한 태임을 본받는다는 뜻이다.

그림 · 글씨 · 시에 모두 능하였으며, 대학자 이이李珥의 어머니로도 높이 평가받고 있다.

안동 장씨(安東 張氏, 1598~1680)

안동 사람 장흥효張興孝. 1564~1633의 딸로 이시명李時明. 1590~1674의 부인, 존재存齋 이휘일李徽逸. 1619~1672과 갈암葛岩 이현일李玄逸의 어머니로 널리 알려진 인물이다. 명문가의 딸로 태어나 역시 명문가에 시집을 갔으며, 그녀의 자손들도 모두 높은 벼슬을 지냈다. 시문과 경사經史에 능했으나 재능을 접어두고 부덕婦德을 닦으며 자녀 교육에 힘을 쏟아 당대인의 칭송을 받았다. 1844년 후손들이 편찬한 『정부인안동장씨실기貞夫人安東張氏實記』에 시 7수와 문 1편 등이 수록되어 전한다. 또한 현재 그녀가 쓴 요리책 『음식디미방飮食知味方』도 전한다.

이매창(李梅窓, 1573~1610)

조선 선조와 광해군 때의 인물로, 시조·한시·거문고에 뛰어나 서울에까지 명성을 날렸던 부안扶安의 명기名妓이다. 이름은 계생桂生 또는 계생癸生, 계랑癸娘, 향금香今이고, 자는 천향天香, 호가 매창梅窓, 섬초蟾初이다. 매창은 유희경, 직소폭포와 더불어 부안 삼절三絶로 불리기도 하며, 많은 한시를 지어 기녀로서는 드물게 개인 시문집을 남겼다. 특히 그녀는 주옥같은 시로 당대의 이름난 문인들과 사귀었고 수백 편의 아름다운 시를 지어 많은 사람들의 입에 오르내렸다. 현재 전하는 『매창집』의 발문에는 매창의 생애가 다음과 같이 기록되어 있다.

"계생의 자는 천향인데, 스스로 매창이라고 호를 지어 불렀다. 부안현의 아전이던 이탕종李湯從의 딸이다. 만력萬曆 계유년(1573)에 나서 경술년(1610)에 죽으니 나이 38세였다. 평생 시 읊기를 잘했으며, 당시 수백 편이 한때 사람들의 입에 오르내리더니, 지금은 거의 흩어져 없어졌다. 숭정崇禎 후 무신년(1668) 10월 모일에 아전들이 외우며 전하던 여러 형태의 시 58수를 얻어 개암사開巖寺에서 목판에 새긴다."

이옥봉(李玉峯, ?~?)

옥봉은 옥천 군수 이봉李逢의 서녀로 태어나 조원趙瑗, 1544~1595의 소실이 되었다. 임진왜란 직전 35세를 전후하여 사망한 것으로 추정된다. 조원의 현손인 조정만趙正萬이 편찬한 『가림세고』의 부록으로 『옥봉집』이 전하는데, 거기에 한시 32수가 전한다.

허균은 옥봉의 시를 "맑고 굳세며 여성의 화장기가 없어 가작이 많다"고 평가하였으며, 신흠申欽과 홍만종洪萬宗 역시 옥봉이 허난설헌과 더불어 조선 제일의 여류 시인이라고 평하였다. 또한 그녀의 시는 『명시종明詩宗』 『열조시집列朝詩集』 등에 실려 중국에까지 알려졌다.

죽향(竹香, ?~?)

『대동시선』에서는 평양 기생으로 시와 그림에 능하였으며, 호는 낭간琅玕, 용호

어부蓉湖漁夫, 세우향細雨香이라 소개하였다. 한재락韓在洛의 『녹파잡기綠波雜記』에서
는 "죽향은 죽엽의 아우이다. 나는 그가 그린 대나무 그림이 운치가 있는 것을
본 일이 있고, 또 죽엽이 제 동생이 재주와 용모를 겸비했다고 몹시 치켜세웠기
때문에 그녀를 보지 못한 것을 한스럽게 여겼는데, 길을 가다가 장경문 밖에서
우연히 마주쳤다. 그녀는 다홍치마에 푸른 적삼을 입었고, 녹색 띠는 나풀나풀
거렸다. 세마細馬는 교태를 부리며 울고 향기로운 먼지는 몰래 이는데 손님을 보
고서는 미끄러지듯 말안장에서 내려오는 그 빼어나고 오묘한 자태는 사람의 마
음을 움직이는 것이었다"라고 하였다. 신위申緯는 그녀의 그림 〈묵죽횡간墨竹橫看〉
에 제시題詩를 써주고 그 사연을 적은 글을, 김정희는 그녀에게 주는 시 두 수를
전하고 있다. 유재건劉在建, 홍석주가 그녀에게 써준 시도 전한다.

허난설헌(許蘭雪軒, 1563~1589)

조선 선조 연간의 시인으로 강릉에서 출생하였다. 이름은 초희楚姬, 자는 경번당
景樊堂, 호가 난설헌이다. 아버지는 화담 서경덕의 문하에서 공부한 허엽許曄이고,
학문과 문장에 뛰어난 허성許筬, 허봉許篈, 허균許筠이 그의 형제들이다. 8세 때
「백옥루상량문白玉樓上樑文」을 쓴 것으로 알려져 있으며, 27세의 젊은 나이로 세상
을 떠날 때까지 아름다운 시편을 많이 써서 남겼다. 남편 김성립金誠立은 난설헌
이 죽던 해 과거에 급제했으나, 관직은 정8품 홍문관 정자正字에 그쳤고 임진왜
란 때 의병으로 참전하여 전사한 것으로 알려져 있다. 그녀의 시 「아이들을 곡
하다哭子」에 따르면, 난설헌은 자녀 둘을 낳았으나 모두 어릴 때 잃은 것으로 보
인다.

난설헌의 작품은 본인의 유언대로 전부 소각되었고, 현존하는 작품은 친정에 보
관되었던 것을 허균이 명나라 사신에게 주어 중국에서 1606년에 간행된 것이
다. 우리나라에서는 1692년 동래부에서 간행한 목판본 『난설헌집』이 최초의 것
이다.

홍유한당(洪幽閑堂, 1791~?)

홍유한당의 친가인 풍산 홍씨와 외가인 달성 서씨, 시집인 청송 심씨 집안 모두 당대 손꼽히는 명문가였다. 유한당의 어머니가 바로 서영수합이며, 그의 남자 형제들인 홍석주, 홍길주, 홍현주가 모두 문명文名을 얻었다. 조선시대 사대부가 의 여성은 그 본명이 대체로 잘 알려져 있지 않은 데 반해, 유한당은 홍원주洪原 周라는 본명이 널리 알려져 있다. 유한당은 심의석沈宜奭. 1793~1827과 결혼하였는 데, 그는 관계에 진출하지 못한 채 35세에 죽었다. 그녀가 세상을 떠난 후 아들 성택誠澤이 어머니가 생전에 지었던 시 수백 편을 찾아 『유한집』을 엮었다.

황진이(黃眞伊, ?~?)

조선 중종 때의 명기名妓로 시서詩書와 음률에 능통하였다. 본명은 진眞 또는 진랑 眞娘이고 기명은 명월明月이었다. 그는 황진사의 서녀로 출중한 미모와 예술적 재 능을 타고나 15세에 기적妓籍에 든 뒤로 당대의 문인, 명사와 교유하여 많은 일 화를 남겼다. 그 가운데서 당시 생불生佛이라 일컬어지던 천마산의 지족선사知足 禪師를 파계시킨 일과 시조 한 수로 종실宗室 벽계수碧溪守를 매료한 일, 소세양蘇世 讓과의 교유, 서경덕徐敬德과 사제 관계를 맺었던 사연 등이 널리 알려져 있다.

문학동네 한국고전문학전집을 펴내며

우리가 고전에 눈을 돌리는 것은 고전으로 회귀하기 위해서가 아니다. 한국의 고전은 고전으로서 계승된 역사가 극히 짧고 지금 이 순간에도 발견되고 있으며 심지어 어떤 작품은 저 구석에서 후대의 눈길을 간절하게 기다리고 있기도 하다. 우리의 목표는 바로 이런 한국의 고전을 귀환시키는 것이다. 그러니까 고전 안에 숨죽이며 웅크리고 있는 진리내용들을 다시 불러들이고 그것으로 이 불투명한 시대의 이정표를 삼는 것, 이것이 우리의 궁극적인 목적이다.

문학동네 한국고전문학전집은 몇몇 전문가의 연구실에 갇혀 있던 우리의 위대한 유산을 널리 공유하는 것은 물론, 우리 고전의 비판적·창조적 계승을 통해 세계문학사를 또 한번 진화시키고자 하는 강한 열망 속에서 탄생하였다. 그래서 문학동네 한국고전문학전집은 이미 익숙한 불멸의 고전은 말할 것도 없고 각 시대가 새롭게 찾아내어 힘겨운 논의 끝에 고전으로 끌어올린 작품까지를 두루 포함시켰다. 뿐만 아니라 한국 고전의 위대함을 같이 느끼기 위해 자구 하나, 단어 하나에도 세밀한 성성을 들었다. 여러 이본들을 철저히 비교하는 과정을 거쳐 정본을 확정했고, 이제까지의 모든 연구를 포괄한 각주를 달았으며, 각 작품의 품격과 분위기를 충분히 살려 현대어 텍스트를 완성했다. 이 모두가 우리의 고전을 재발명하는 것이야말로 세계문학의 인식론적 지도를 바꾸는 일이라는 소명감 덕분에 가능했음은 물론이다. 부디 한국의 고전 중 그 정수들을 한자리에 모은 문학동네 한국고전문학전집이 그간 한국의 고전을 멀리했던 독자들에게 널리 읽히고 창조적으로 계승되어 세계문학의 진화를 불러오는 우리의, 더 나아가 세계 전체의 소중한 자산으로 자리하기를 기대해본다.

문학동네 한국고전문학전집 편집위원
심경호, 장효현, 정병설, 류보선

옮긴이 **강혜선**

서울대학교 국어국문학과를 졸업한 뒤 동 대학원에서 석사 및 박사학위를 받았다. 현재 성신여자대학교 국문과 교수로 재직하고 있다. 조선 후기 한문학을 전공하였고, 옛 문인들의 뜻과 정이 담긴 글을 찾아 소개하기를 좋아한다. 지은 책으로 『박지원 산문의 고문 변용 양상』 『정조의 시문집 편찬』 『나 홀로 즐기는 삶』 『한시 러브레터』 등이 있고, 옮긴 책으로 『유배객, 세상을 알다』(김려 산문선) 『조선 선비의 일본견문록─대마도에서 도쿄까지』(신유한의 『해유록』) 등이 있다. 「조선후기 여성 묘주 묘지명의 문학성에 대한 연구」 「조선후기 사족 여성의 경제활동과 문학적 형상화 양상」 등 다수의 논문을 썼다.

한국고전문학전집 011

어성 한시 선집

ⓒ 강혜선 2012

1판 1쇄 2012년 7월 17일
1판 2쇄 2021년 1월 8일

옮긴이 강혜선 | 펴낸이 염현숙

책임편집 오경철 | 편집 구민정 | 독자모니터 황치영
디자인 윤종윤 이주영 | 마케팅 정민호 양서연 박지영 안남영
홍보 김희숙 김상만 함유지 김현지 이소정 이미희
제작 강신은 김동욱 임현식 | 제작처 영신사

펴낸곳 (주)문학동네
출판등록 1993년 10월 22일 제406-2003-000045호
주소 10881 경기도 파주시 회동길 210
전자우편 editor@munhak.com | 대표전화 031)955-8888 | 팩스 031)955-8855
문의전화 031)955-2655(마케팅), 031)955-2671(편집)
문학동네카페 http://cafe.naver.com/mhdn | 트위터 @munhakdongne
북클럽문학동네 http://bookclubmunhak.com

ISBN 978-89-546-1867-0 04810
      978-89-546-0888-6 04810 (세트)

www.munhak.com